青春

QINGCHUN

方嘉英 著

呼啦啦地飞

青春文学
冠军档案

山东城市出版传媒集团·济南出版社

图书在版编目（CIP）数据

青春呼啦啦地飞 / 方嘉英著. -- 济南：济南出版社，2022.1

（青春文学·冠军档案）

ISBN 978-7-5488-4886-8

Ⅰ.①青… Ⅱ.①方… Ⅲ.①短篇小说–小说集–中国–当代 Ⅳ.①I247.7

中国版本图书馆CIP数据核字(2021)第276808号

出 版 人	崔　刚	
责任编辑	尹利华　叶　子	
封面插画	黄琼萱	
装帧设计	胡大伟	

出版发行	济南出版社
地　　址	济南市市中区二环南路1号（250002）
编辑热线	（0531）86131748
发行电话	（0531）86922073　86131701　86018273
经　　销	全国新华书店
印　　刷	山东临沂新华印刷物流集团有限责任公司
版　　次	2022年1月第1版
印　　次	2022年1月第1次印刷
成品尺寸	145mm×210mm　32开
印　　张	9.75
字　　数	150千
定　　价	59.80元

（济南版图书，如有印装质量问题，请与印刷厂联系调换）

青春
伴啦啦地飞

目 录

Part 1　一股春风

枯萎过的花是否还会重开?
黄了的野草是否还会再来?
曾经的少年琐事如今你记得多少?
还有那些女孩。

Part 2　一场沦陷

天边的你飘泊
白云外
苦海
翻起爱恨
在世间
难逃避命运

青春

伴我走过地下

目 录

Part 3　一次告别

> 无论你是善是恶，是富是穷，都只有分身会一直陪着你。
>
> 他在偷窥，也在平衡你的孤独。在他的世界里，你是唯一的。

Part 4　一声哀叹

> 我看见我了。
>
> 在一片尘埃之中。
>
> 还有快乐、幸福、爱情和贪婪等。
>
> 原来贪婪真的死了，也化成了哥洛里星上的尘埃。
>
> 原来只剩下了孤独。

Part 1
一股春风

枯萎过的花是否还会重开？
黄了的野草是否还会再来？
曾经的少年琐事如今你记得多少？
还有那些女孩。

青春呼啦啦地飞

一

大概是 2007 年的事。

那时的音乐播放器土得掉渣，没有可爱的界面也不能搜索专辑，在黑白分明的界面上只能显示一些单调的曲名。

如今的音乐播放器早就更新到了最新的版本，但"我的最爱"中装的依旧是五年前的歌，从杰克逊的 *Beat it* 到许巍的《蓝莲花》，从汪峰的《再见青春》再到表哥他们乐队原创的《青春呼啦啦地飞》，应有尽有。

东哥常喝着扎啤跟我扯什么物是人非。可实际上是人非物也非，因为他们的那间合租房在前天被认定为危楼，即将被拆掉。那家酒吧也转手成了舞蹈室，偶尔路过还会看见穿着白色芭蕾裙的高挑女孩们转着美好的圈子。

目前不变的唯有东哥的痞子性，虽然现在他一身西装革履人模狗样，可脱下西服在路边大排档吃烤肉喝扎啤的时候依旧会骂骂咧咧，活像是一个看场子的小混混。

但用现在的文艺范来说，就是——东哥那被岁月磨过的眉间紧皱的是对曾经的怀念。

二

言归正传。

表哥在 2007 年的夏天组建了乐队，名字很俗，叫潮水。乐队成员有三个，除了表哥还有主唱东哥和鼓手阿空。其中总和他们混在一起的女孩叫诺诺，是表哥的女朋友。那段时间他们总在我家混吃混喝，偶尔也会良心发现带我去吃大排档，羊肉加扎啤，也算大方。

多年之后的今天，曾在我家混吃混喝的他们早已各奔东西，除了五年来都未曾更新的"我的最爱"中依旧是那些他们下载过的曲子，除了魔兽里有东哥鏖战不死亡灵的存档，这里就再也见不到他们的痕迹了，就连曾经不羁少年的桌面背景也被贪玩的表妹换成了非主流时尚画面。

一切都"死"得很快，一切都没有复活的迹象。那时他们的青春就像一只水怪，嚣张跋扈，掀起千尺浪。

那一年，夏去秋来，当小巷路边的野枫树开始落下粗糙的红叶时，表哥告诉我，他们正在筹备第一场演唱会，地点是经常唱歌的酒吧。

"扯淡的吧？"

"不扯淡，妥妥的。"

表哥拍了拍胸脯，一副牛哄哄的样子。

在野枫树叶子已落了大半的时候，表哥才开着摩托来到了校门口。当天下午6点，学校里所有的社团活动全都结束了，偌大的门口零零落落地只剩下几个学生。我在后面，背着挎肩包，一抬头就望见了他。

"上车，带你去听演唱会。"

当时把墨镜别在了脑门上的表哥上身穿着黑色夹克，下身配的是深蓝牛仔裤，膝盖处还打了补丁。

真是潮流得让我自卑。

第一次进酒吧，当天7点酒吧就提前打烊了，几个提前到场的熟人在帮忙调试音响。我被支在一个角落，不用帮忙，只需喝着果酒等待演唱会开始。

我不清楚门票多少，也不清楚他们为此花了多少钱，正值青春尾巴的他们似乎也不在乎这个。就好比你走在一条康庄大道上，不会在意铺路费是多少。

演唱会8点开始，那时我茶几上的果酒已喝了大半。

用怎样的词语去描述这第一场也是最后一场的演唱会呢？记得描述名角登场的时候总爱用"只看那先生蹬着寸步上了台，青衫白褂飘了如云，丹凤眼尖处一挑便开了腔"，如果把青衫白褂换成朋克范夹克，表哥他们便是"粗眉大眼一挑便开了腔"。

开头的几首都是唱别人的歌，有许巍的《蓝莲花》，有汪峰的《再见青春》。

东哥在台上唱得如痴如醉，丝毫不怯场。表哥的吉他也配合得极好，阿空随着架子鼓的节奏把长发摇得如同泼墨。台下的观众掌声一阵盖过一阵，他们中有黄毛混混，有逃课的学生，有谢顶的大叔，有妖艳的小姐姐，有下了班的白领。

年幼的我躲在角落处欣赏着这场大人们的狂欢，看得口渴时喝口果酒，遇到熟悉的节奏也会跟唱到尾音。

是怎样的力量让这群人变成了疯子，还是说这群人本来就是伪装成常人的疯子？许多年后，时间之轮不会再倒转到2007年的那个秋天，岁月也蹉跎得让那个秋天在我脑海中只剩下了一些零散的关键词——野枫树叶子、破木吉他、不太大的酒吧、谢顶的大叔，以及狂欢。

在台上，一曲《那女孩对我说》结束了最后干净的尾音，所有人的喝彩声在几秒钟后逐渐平息了下来。我见台上的三人相视一笑。表哥调整好了姿势，阿空举起了鼓棍，东哥握紧了话筒——

"下一首《青春呼啦啦地飞》是我们自己原创的歌曲，由于乐队成立时间不长，拿得出手的歌就这么一首，希望大家喜欢。"

话音刚落，表哥便在一片掌声中弹起了舒缓的前奏，清澈的吉他声如同一条溪水从表哥的指缝间流出，它安静得淹没了酒吧。在响过一声轻弦的颤音后，东哥开口唱道——

> 枯萎过的花是否还会重开？
> 黄了的野草是否还会再来？
> 曾经的少年琐事如今你记得多少？
> 还有那些女孩。
>
> 总有一天我们要分离去各自的江湖，
> 但那寂寞的吉他依旧可以弹起最脆的轻响，
> 它也会在夕阳下和我一起悲伤得流泪。
>
> 看，我们的青春在呼啦啦地飞，
> 飞着飞着到了海角天边。

或许你会不在，

可我还会拿好你的破木吉他，

弹呀弹呀……

直到青春呼啦啦地飞了。

我会拿好你的破木吉他，

弹呀弹呀……

直到青春呼啦啦地飞了。

……

最后的小段就一直这样不停地重复着，重复着。演唱会的高潮一番盖过一番。这样的巅峰时刻似乎不会结束，似乎会延续到永恒。

可生活的暴力手腕一旦伸了过来，结束的就不仅是一场演唱会了，所有的一切都会在它的淫威下屈服，不管是多么嚣张刺耳的摇滚，不管是多么狂妄不羁的少年。

三

第二天的下午，为了庆祝演唱会的成功，我和表哥他们三个还有诺诺姐聚在合租房里，东哥和阿空从附近的小店买来好几盘菜。

吃着饭，表哥话多了起来，他说乐队，说和东哥如何如何认识的，也说诺诺姐。

一年前的酒吧独自卖唱，和东哥在地下人行道的相遇，还有诺诺姐宿舍楼下的大槐树，以及夏天的吉他、白色连衣裙、乐谱、钢笔……这些都是我所不知道的故事，我听得新奇，可诺诺姐却红着脸来捂我的耳朵。

其实这一切本该美好地继续下去，可生活的铁腕还是伸了过来，这让所有人都措手不及。

一声粗暴的踹门声打断了东哥的调侃。

四个黑衣男子闯了进来，他们二话不说就用棍子先捅烂了阿空的架子鼓。

表哥他们脸上原本欢快的表情还来不及收起，惊愕和暴怒的神色就随之涌来。最先冲过去的是东哥，他抢起一把椅子砸了过去。表哥也不忘操起啤酒瓶，而阿空则直接把啤酒瓶甩了过去。

诺诺姐回过神后把我紧紧地抱在怀里，躲在了沙发上，她颤抖着身子拿出了手机，带着哭腔对我说："泽楠别怕。"

四个男子又狠又准，空隙间还不忘继续打爆架子鼓和吉他。表哥他们三个在一阵如狂风暴雨般的棍子击打下很快就败了下来。几分钟后，三个人被打瘫在了地上。

黑衣男子收回了棍子，面无表情，其中一个转向了伤得最轻的东哥说道:"东少爷,这都是老爷的意思,您疯玩了整整一年了,该收回心思管理家族的产业了。"

说着,他从兜里掏出一沓钞票,递向了他们。

"这些当医疗费足够了。"

在经历一场打斗后,房间突然静了下来。头顶上的风扇"哗哗"地转着,在我眼里东哥一动不动。

表哥扶着墙挣扎着站了起来,他一步步走向了那个黑衣男子,然后停在了他的面前,一巴掌扇飞了那只手中的钞票。

又是棍子击在肉身上的声音,可表哥却像一只瘸腿母狼,眼神中没有丝毫的害怕。

窗外的夕阳在此刻恰好落在了可以正视屋内一切的高度,且默默无声。血色的钞票漫天飞舞着,显得绝望又迷惘,就像一群不知所措的红鸽子。

我不知道这该死的寂静到底在酝酿着怎样的怪物,当外面的警笛声由远到近传来时,这四个男人才收回了又要砸下去的棍子。

在角落处,夕阳最盛,淡黄色的光无辜又可爱。一柄被遗忘的破木吉他斜竖在那,在它的每根琴弦上,阳光凄美地跳动。

门终于"吱——"的一声又关上了。

四

自那件事之后，表哥就回了老家，阿空也南下去了杭州，但唯独东哥留了下来。

五年过去了，终于可以感叹物是人非了。

昨天，东哥带我出去吃饭，地点是家大排档。

"你跟他说了吗？"

"说了。"

"他怎么说的？"

"没给话。"

"靠！"

露天小院内，东哥仰脖喝了一大口可乐。

上个星期我给表哥打了个电话，号码是店里的座机。表哥一听是我便异常的热情，他跟我说最近鸡肉价格跌得厉害，烧鸡价格也跟着降了不少；舅舅上个星期给他介绍了一个对象，明天有空或许可以约着见上一面。

我在另一端静静地听着已经把下半生交给了烧鸡店的表哥诉说着自己的人生。

"东哥叫你 8 月 23 日到以前合租房旁的空地，他有场演唱会。"我打断道，然后忍不住又说，"你还记得诺诺姐吗？她昨天刚刚来找过我打听你的消息。"

那边突然噎住了，半天没回话。

"有点忙，以后再联系吧。"

过后，便是一阵忙音。

五

"阿空哥会来吗？"

"不知道。"

"诺诺姐呢？"

"你去问她。"

"如果就你一个人能行吗？"

"小孩子家家问这么多干吗？！"

东哥骂了句，然后又喝了一口可乐，末了还用西服袖口抹了把嘴。我不再吱声了，现在是 10 点多，大排档的人渐渐多了起来，有喝酒吃肉的，也有骂街扯淡的。大多数男人都打赤背，有些还搭条白毛巾，要不是有煮花生的香味，猛一看还以为是露天澡堂子。

"老板，买单！"

六

又过了五六天，东哥的演唱会依旧没有消息。或许只是随便一说，或许是没人会来的缘故不得不取消了，也或许是被他老爹知道了。总之，这件事便被我抛在了脑后。

8 月下旬，大半个暑假已经过去，我终于接到东哥姗姗来迟的消息——23 日的演唱会已经准备就绪。

"有多少人呢？"

"不知道，再少也无所谓，演唱会就我一个人我也会唱。"

电话那一端的东哥声音带着疲惫感，似乎是因为被生活玩弄久了，这才最后放手一搏。

那一天的 6 点多，我早早地来到空场地，其实人也不算少，偶尔还能看到熟悉的面孔。场地中间被临时支了一个舞台，大概只有十平方米大的样子。

我不知道台下的黄毛混混们是否把头发染了回去，谢顶大叔们是否多长出了几根头发。我只知道从这到那的风中弥漫着一股青春的死灰气息。

东哥在那忙着摆弄喇叭，7 点钟的时候人才多了起来，由于是在户外，混着看热闹的不占少数。等一切准备就绪，东哥才上了台，他调了调音响，效果良好。

东哥独自一人摆弄着吉他，由于没有架子鼓的伴奏，他手指间的阵阵弦声有些单调而漫长。

等待的人最终还是没有来，东哥用一声脆响结束了前奏——

枯萎过的花是否还会重开？

黄了的野草是否还会再来？

曾经的少年琐事如今你记得多少？

还有那些女孩。

……

一开头便是这首摇滚，东哥独自弹着吉他，就像他说的那样，这是他一个人的演唱会。

我本以为东哥会真的独自一人唱上一个晚上，我本以为陪他到最后的只有那柄破木吉他和惨白的灯以及瘦小的话筒。但那个人还是气喘吁吁地赶到了，虽然天色偏晚，他的轮廓看上去有些模糊，可我仍旧认得出那是表哥。

表哥喘着气，一步步走向舞台，高处的灯光把他的影子逐渐拉长。此时东哥恰好唱到了"我会拿好你的破木吉他"。

明明是隔了五年的时光，却又过渡得如此天衣无缝和谐圆满。我看见身后几个还穿着校服的学生正在卖力鼓掌，靠后的谢顶大叔也粗着嗓子大声叫好，偶尔路过的人们也停了下来，他们转过头，在路边和着曾经熟悉过的节奏。

没了之前的不羁，没了之前的疯狂，这首他们自创的歌在如今弹奏起来安静得如同一条小溪。

夜幕终于来了，几点疏星出现在最高的天际，被遗忘的月亮索性躲进了云里。

014

七

"我还以为你不会来。"演唱会结束后，东哥说道。

表哥低头笑了起来，双手不停地摩挲着自己的短发，似乎是要想捋清些什么。观众零零散散地走了，东哥请来的搬运工正在拆着舞台和音响。

"都说了烧鸡最近价降得厉害，店里没什么事。"

"诺诺一直在找你。"

"我定了往返票。"

"可以退掉。"

"但青春不能啊。"

东哥愣住了，他伸出去的手定格在了一个尴尬的位置上。

我看见连搬运工们都走远了，最后的强光灯"啪"的一声熄掉了，四周陷入了迷惘的黑暗中。过了好一会儿，月亮才重新从云间露了出来。

表哥约莫着诺诺姐快到了，便离开了这里。我想我和东哥都明白了，原来表哥此行的目的是为给自己苟延残喘了五年的青春补上最后一刀。

远处的野鸟凄惨地叫着，不一会儿就同表哥一起远去了。

老照片

一

金叔经常把一张老照片给我看，那张照片看上去的确很老，是黑白的，上面是四个小屁孩抱着三把扫帚和一个簸箕，本来纸质不好的照片被岁月从外向内侵蚀得厉害，已经谈不上黑白分明了。

金叔说那个拿簸箕的是他们原先乐队的鼓手，叫王大栓，最靠右的那个嗓门高，是主唱李健民，紧挨着的是吉他手凯歌子，笑得最开心的是金叔，金改革，也弹吉他，后来又学了电子琴。

听金叔说这张照片是一个当时的文青帮他们拍的，说是为了反映改革开放后的农村儿童生活。十来天后文青又到了他们村，把照片给了金叔。这张照片之前一直由他们四个人轮流保管，后来就只在金叔的手里。

"这些人都是前辈，回头带你见见他们。"

虽然金叔总是这么说，但我从未见过他们其中任何一个人。金叔今年 34 岁，本该是养家糊口的年纪，但他却连个老婆都没有。

听金叔说，他们在 20 世纪 90 年代的时候组建的乐队，最初名字叫金鹰，后来又改成了金枭，之后还改过其他乱七八糟的名字，最后一次唱歌的时候，乐队的名字又回到了金鹰。

20 世纪 90 年代，那会儿是中国摇滚的黄金时期。

金叔经常跟我说他们的那一场演唱会。

是在一个叫浮动年华的酒吧，那是 2007 年的深秋，他们当时二十来岁。

二

2007 年，深秋。

"老大，狗子呢？"

"死了！"

"死哪去了？"

"死路上了，刚给他打了电话，你跟大栓去把线搞下，试试音。"

浮动年华的这天比平常还要热闹些，但早前曾听说老板过些日子要转让了，因为出场费太低，再加上很多乐队都解散了，没人驻场，也就没多少人愿意来这喝酒，于是生意开始低迷，这是个死循环。可今天不同，一个叫金鹰的乐队来免费唱，算是包场了。

7点多的时候，城市开始步入了夜色。

"老……老大！"狗子气喘吁吁地来了。

"快去试试你的架子鼓！"

"好好好。"

几声清脆的吉他音和带着节奏感的鼓声此起彼伏，没什么旋律，但还是吸引了几个喝酒的人的注意。

"金子，最后一场？"下面的人问道。

"怎么会，以后还多着呢！"金叔在台上正弹着电子琴，头也不抬地回答道。

"老大，老板那边催着呢，快点开始吧。"

"马上马上，天都没黑透呢。"

8点的时候，酒吧变得熙熙攘攘，五颜六色的灯映照在每张年轻的脸上。演唱会如约而至。

四人都站在不大的舞台上，他们站好了位置，李建民调好了话筒的位置，酒吧里嘈杂的声音顿时静了下来。

　　前奏是王大栓的吉他音，上下弦交换着弹着，轻柔的像一根无论如何也不愿意落下的羽毛。

　　酒吧里的安静还在保持着，王大栓力道突然加重，吉他声突然变得热烈起来，如同一根炙热的针，终究是扎破了整个酒吧的寂静，于是叫好、欢呼、掌声全都爆发了出来。

　　李建民终于开口唱了——

> 我曾经以为生命还很漫长
>
> 也曾经以为你还和以前一样
>
> 其实我错了　一切全都变了
>
> 就在你转眼的一瞬间　一瞬间
>
> 我听见你说
>
> 多么甜蜜迷人呵
>
>
> 天下没有不散的筵席
>
> 一切全都　全都会失去
>
> 天下没有不散的筵席
>
> 你的眼泪　欢笑　全都会失去
>
> 所以我们不要哭泣　所以我们不要回忆过去
>
> 所以我们不要在意　所以我们不要埋怨自己
>
> ……

金叔曾无数次跟我说，音乐是有生命的，但不是每个人都能在它苏醒的时候感受到，而那一次，很少数的那么一次，他们真真切切地感受到了，这是音乐，彻彻底底的摇滚。

金叔清楚地记得那天他们唱了哪些歌，《一无所有》《怎么办》《一切从爱情开始》《天堂之花》《解脱》……

金叔说先是他们疯了，一遍又一遍地唱着《一无所有》，后来最前头的几桌观众也疯了，随后"疯"像一场恶疾一样感染了整个酒吧。

直到凌晨一点，人们才散去。

在深秋的街道上。

"这是最棒的一次，有史以来，最疯的！"

"废话，免费的，能不疯吗？"

"下次去哪儿？"

金叔兴致勃勃地问道，但没人接金叔的话茬。

"老大，不是都说好了吗？这是最后一次，然后就散了。"

金叔收起了笑。

"我要去广州了，狗子要回老家，大栓也要南下了。"

"哦……我都给忘了。"

"老大你呢？"

"你们都走了，金鹰这个烂摊子总要有人收拾吧。"

"老大……疯了这么多年了，该收了。"

"以后还有机会来场演唱会吗？"

"不知道。"

"走，回去喝酒吧。"

"好。"

金叔后来跟我说，无论是 80 年代出生的，还是 90 年代的人，都说摇滚没落了。其实摇滚一直没有没落过，它只会以疯狂和死亡两种方式存在着，所以不是摇滚没落了，而是你们都走了。

三

我跟金叔是在四年前认识的，他带我疯过了整个大学四年，那会也真是文青，能饿一周就是为了给吉他续根新弦。跟金叔一起瞎疯的还有两个，其中一个是妹子，一直挺仰慕金叔，和金叔谈了一年多的恋爱，就分手了，还有个现在是外企部门经理，毕业后一直混得不错。

想到这，我约莫着金叔也快来了，回想和金叔这几年，我跟到了最后，现在做出那个决定，也算是仁至义尽。

我给他在桌子上留下一张纸条，想了想，又用一包黄鹤楼把它压住。

夕阳被我关在了门外，归巢的鸟从很远的地方传来恋家的啼叫。今天金叔又迟到了，但这次没人会等他。

"昆子，今天来这么早？"

门突然被打开了，夕阳一下子从门外涌了进来，猛得有些刺眼。

"我带你去见见李建民。"

"李建民？你总说的那个李建民？"

"对啊，这小子来这出差，可算是被我逮住了，你小子也是主唱，跟他学着点啊！"

我靠在桌子旁，那张纸条就在我的影子里，像个怕生的孩子。该说了吧？这会儿？有点不合适吧？

"你小子发什么愣呢，赶紧收拾东西走啊！"

"收拾东西？"

"欠了一周的房租了，回头咱再找新地方，赶紧的，背好吉他，把其他东西也收拾一下，我去外面等你。"

房间里除了吉他也没别的什么了，我把几本谱子塞进兜里，又扫视了一遍房间，然后把黄鹤楼装进了兜。谁知风一吹，那张纸条就落到了桌子下金叔昨晚吃剩下的麻辣烫的剩汤里了。

四

"呦，你小子还买黄鹤楼了？"金叔点了烟，一脸满足。

"嗯。"

我没说话，想着李建民是怎样的一个人，这个年纪了大概正在忙事业，应该也结了婚，或许孩子有三四岁大了。我们过去和他说什么呢？谈摇滚吗？说我们最近的困境吗？交不起房租，也没酒吧要，偶尔去商场大促销活动上吼几嗓子赚点小钱？

"李建民那小子比我小一岁，四个人中数我最大，我就是老大。昆子，你懂什么叫老大吗？李建民脑子最好使，初中就会给临班小女生写情书了，我们的歌词都是他写的。王大栓也聪明，但没李建民聪明，不过挺会编曲子。我们当中凯歌子最愣，他爸当初本来想给他起凯狗子，结果话没说清楚，户口本上人家写成了凯歌子，我们三个当中数他名字最洋气，但我们就叫他狗子。"

金叔这么说着，我却一直不知道该怎么接这个话茬。我和金叔走出了巷子，前面就是一个商业区，那边还有一片新建的高级小区。

"我们去哪？"

"就前面，商业街里。"

"钱够吗？"

"放心，老子有钱！"金叔骂骂咧咧地说着，又从我这
拿了一支黄鹤楼。

我其实对金叔了解得不多，平时卖唱那点钱连房租都不
够交，不过这四年我们倒是没掏多少，全靠金叔一个人。但
金叔没工作，这一点我很清楚，他除了能弹一手很好的吉他
和电子琴，就没了别的长处。

我们穿过马路，走进了商业街，上了二楼，来到了一家
火锅店。我看到门口站着一个穿西装的男人，他有点轻微秃
顶，戴着金丝框眼镜，看上去挺斯文。

"建民！"金叔跑了过去。

李建民这才反应过来，笑了笑，刚伸出手却被金叔一把
抱住。

金叔拍了拍他的背，松开了拥抱，又拍了拍他的肩膀。

"怎么才来？"

"去叫昆子了。来，昆子，这就是李建民，你前辈，咱
乐队的。"

"李哥。"

"嗯嗯，乐队还在？"

"还在。"

"其他人呢？"

"他们……"

"那两个小屁孩后来找工作去了，没毅力，就剩这小子了，昆子歌唱得不错，不比你差。"

"走走走，进去说。"

李建民又笑了笑，然后和金叔勾肩搭背进了火锅店。

我们选了一个靠里的位置，这会吃饭的人不多，不一会儿就点了锅。

金叔和李建民聊了很多我不知道的事，他们先是说乐队的开始，又说到了两年前的同学会他们四个去歌厅唱了一夜，似乎是在刻意避开乐队结束的事情。可我想，"故事"本身就是个过去式，一旦有了开始，就注定要结束，乐队也好，摇滚也好。人总是要老去，而人一旦老去，故事就该结束了。

"建民。"金叔放下筷子，喝了口饮料。

"怎么了？"李建民看了眼手表。

"明天去老酒吧再办场演唱会怎么样？"

"什么？"

"我说，咱们几个，再去老酒吧唱唱歌。"

"开什么玩笑，你喝多了吧？"

"狗子死了。"

"什么？！"

李建民愣住了，金边眼镜滑到了鼻梁，额头上还冒着汗，脸色因为刚才吃的一口辣椒正泛着中年男子才有的油腻的红。

"狗子……"

"死了，半个月前的事。"

"这，我……"

李建民话说一半噎住了，随后咽了口唾沫，也没再说下去。他放下了筷子。我想他想说的大概是"我最近还跟他联系过"，或许这句话在即将脱口而出的时候，又意识到已经很久没有联系过了。

"怎么死的？"

金叔没有回答，他自顾地喝着酒，头低到了碗里，右手攥成了拳头，在微微颤抖，像块快要炸裂的石头。

"本来他也能来的，都说好了的。"

李建民一听，欲言又止，他解开领带，又松了衬衣的第一个扣子，喘气的时候都有些颤抖，整个表情都挤成了一个"米"字，就像那张老照片里的一样。他把解开的领带扯了下来，丢到了一边。

"明天什么时候？"

"晚上八点，王大栓也来。"

这次我是无论如何也说不出口了，未曾相识的凯歌子死了，老照片成了四分之一冥照。

两人又开始了回忆老故事。

五

2010 年，夏末。

李建民失业了，王大栓在杭州也混得一般。狗子在老家浑浑度日，做着小本买卖。李建民说，金叔那年救济了他们，我对此表示怀疑。

"我们三个都成这样了，你倒是还有钱请我们浴足。"

"哈哈，老子电子琴弹得出神入化，吉他也不比大栓差，好多乐队都抢着要我呢！"

"这倒有点邪门了，多少故事中不都是你这种搞乐队的后来惨得不行了吗？"

"怎么样？动心了吧？重组乐队吧！我跟一个唱片公司的人认识，他说要看看咱们水平。"

"真的假的？"

"这都多少年了，谁还知道我们，我琢磨着先得来场露天的演唱会。"

"不去酒吧？露天的？哪来的那么多钱？……"

"老子有啊！"

三个人表情夸张地看着金叔，面面相觑。

第二天中午，经常打架的那个空地还在，只是附近建起了商业街，周围居民也没有全部迁走。金叔请来不少帮忙的人，很多都是以前的旧相识，有当初当过观众的，有一块同台演唱的，也有之前转让的酒吧里的服务员。

舞台并不大，十平方米左右，电是从旁边那家借来的。

听金叔说忙活了很大一阵子，下午四个人都各自在打电话，把能叫来的都叫来了。

六七点钟的时候，天色暗了下来，天空有点阴，但天气预报说明天才会有雨。

"谢谢大家的捧场啊。"金叔拿着麦克风正说着，头顶隐隐传来了雷声。

金叔向王大栓示意了下，前奏的吉他声很快就从王大栓的手指间流了出来，是熟悉的旋律，是他们自己的歌。叫好声和口哨声在人群中此起彼伏，摇滚，音乐，青春，仿佛都又回来了——

> 你走的方向是远方
> 远方的方向是天涯
> 天涯的方向是曲终人散
> 曲终人散的方向是青春的尽头
>
> 尽头的方向是一无所有
> 当我一无所有，你已经远去

我看不到了，看不到你了

……

金叔说这是他们不多的能拿出手的一首原创歌，名字叫《老照片》。

雷声在上空隐隐作响，过了会儿，终于下雨了，四个人在台上还在唱，心里却咯噔一下。起先雨很小，零落走的人就那么几个，后来雨下得越来越大，几个和他们很熟的人喊着说今天算了吧。但音乐还在继续，李建民还在嘶吼。

“停下就没机会了！”金叔说。

最后，旁边那家人把电掐了，音响一下子没音了，震耳的音乐声一下缩小了，缩到了台上。雨越下越大，那些劝他们的几个人也走了，空地算是又清静了。

当李建民唱完最后一句“我按你走的方式将老照片撕碎了”时，什么都没了，没人说话，没人再弹吉他和电子琴，没人再敲鼓，像是活物都被这场暴雨给吞噬了，只吐出台子上的四根沉默的骨头。

“老大，你说刚才咱唱得怎么样？”

“挺好的。”

“唱片公司的那人听了吗？”

“肯定听了。”

"会联系我们吗？"

"会吧。"

"会个屁！"李建民把话筒狠狠地扔到了地上，那是一片水洼，话筒插在水洼里，如同被折断的战旗。"我是疯了，还搞这些，怎么可能？怎么可能？！老子要工作！要赚钱！要养活一家子人！去他的摇滚！"

"你！"金叔把李建民扑倒在了台子下，两人在泥水中打了起来，明明是夏末，那一刻却冷得像是初冬。

后来，两人都感冒了，四个人去金叔的出租房住了一夜，第二天三人就各奔了东西。再后来，金叔便遇到了我，哦不，是我们，虽然那两个已经离开了。

六

晚上我回到了家，妈妈冷着脸打开了门。吉他放到了金叔那边，他今晚和李建民在宾馆挤着睡。

"还疯！你都多大了？好歹也是理工大毕业的，你看看你的同学，一个个不是经理就是总监，再看看你，一天就知道跟那个人瞎混！"

"过两天我就去找工作。"

"过两天？你说了多少次过两天了？你知不知道我们家

多么不容易……"

"凯歌子死了。"

"谁？"

我没再搭我妈的话，一个人回到了房间。身上的酒劲还没缓下来，就这样一下子躺在床上，整个身子像是都要散架了一样。这天妈妈没再来唠叨，我关上了灯，感觉潜伏在外面的黑暗一下子将一切都吞噬了，摇滚也好，吉他也好，理想也好，全都在黑暗中不再作声。可我明天还是要去，这不仅仅是因为凯歌子的死，还因为青春应当有场无憾的回光返照。

我翻了个身，把头埋进了枕头里，像只等待被宰杀的羊羔。

七

第二天下午，金叔才跟我联系，让我赶着去城东区，我琢磨着到那之后也该 6 点多了。

到了那以后，金叔、李建民和我就开始跟那家老板商量，免费唱，因为都是熟人，老板一时扭扭捏捏也不好意思拒绝，总是尴尬地笑笑，像是在暗示我们也是老大不小的人了。

"狗子死了。"李建民缓缓地说道，眼睛直盯着老板。

老板也愣住了，似乎是被一个大活人突然间没了给吓住了，嘴微张着，像要说什么安慰的话。

"成吧，成吧，11 点多过来。"

因为凯歌子的死，这事居然就这么成了。

"王大栓几点到？"

"9 点多，来得及。"

"建民，你今天赶得上飞机吗？"

"飞机 11 点，赶不上拉倒。"

"老金，话说你怎么还不结婚？"

"给你省份子钱呗。"

"得了吧，7 年前我结婚的时候，你看你醉成什么样了，要不是狗子把你架回去……"

在酒吧，我们就这样有一句没一句地搭着话，金叔今天突然有些沉默了，也不说没什么笑点的荤段子，倒是李建民总在跟金叔说一些以前的事，但绝口不提自己的事业。我坐在他们两个的对面，看到李建民时不时搂着金叔，大力拍着肩膀，恍然间又想起了那张老照片，当时的李建民似乎是想笑得最开，大概是因为嘴小，到底没有笑过金叔。

我们就这样耗到了 8 点多，酒吧渐渐多起了人，于是我们便腾出了位置，李建民付了账后便离开了。

这会的城市依旧繁华，夜幕在很高的地方泛着暗红，打开酒吧的门，车水马龙的声音一下子迎面扑来，钻进了我们的耳朵里。

"走吧，去火车站。"

"不用了，大栓说就在附近等他就成。"

"附近？"

"以前老打架的那个空地，现在成了舞蹈室。"

"哦哦。"

这附近很大，我一时竟想不起哪里有个舞蹈室。而金叔似乎有什么心事，我能看得出来，想必李建民也可以。

"怎么了，老金？"

"啊，我有点事，你带着昆子先去接大栓吧。"

"咋啦咋啦，啥事搞得这么急？"

"10点就完事了，一个小时就能弄好，跟人家说好了的。"

"成吧。"

金叔点了点头，就匆匆地走了，他拐进了商业区的人群里，没了身影。

我和李建民往相反的方向走了，突然没了金叔，一时间不知道该说些什么。

"昆子，除了搞乐队，你还干别的什么吗？"

"没了，但最近投了份简历，后天就要去面试一下，可金叔这边……我一直没说。"

"不怪你，老金都这么大了，还瞎闹腾，今后生活也成问题。"

"你的专业是什么？"

"计算机。"

"哦，搞电脑的是吧？你回头也可以联系我，我一个大学同学在一家外企当网防的技术总监。"

"成，谢谢了，李哥。"

"没事。"

没了金叔，我们很快就谈起了生活琐事。我突然觉得我们就像是一直在迁就金叔这个死孩子的两个大人。

但很快，我们就没了话题。十几年前是空地的那个舞蹈室还开着门，透过玻璃我看到里面的女孩子正穿着白色纱裙跳着芭蕾，门口停着两三辆车，大概是接孩子或是女友的。

"建民！"对面有人喊道。

李建民回过头，脸上的表情和当时看到金叔时的一样。我想这人就是王大栓了。在老照片上，王大栓在最左边，抱着簸箕，表情有些呆滞，而如今的王大栓，大腹便便，脑袋谢顶得厉害，笑得圆滑世故。

"大栓，有几年没见了啊。"

"嗯，有几年了，这个是昆子？"

"对。"

"王哥。"

"嗯，老金呢？"

“有急事走了，说一会儿回来。”

“这都什么时候了？还不过来？”

“我去给他打个电话。”

说着，我便掏出手机。王大栓和李建民在舞蹈室门口说着话，活像是接闺女的大叔。

“喂？”我听到金叔那边颇有些嘈杂。

“嗯？我马上就过去，马上。”

“你在哪？”

“马上过去。”

虽然金叔这么说，可我还是听到了那些嘈杂的声音——

“台上的那个，继续讲啊！”

金叔很快就把电话挂了，我听着忙音一时没有放下手机。北风呼呼地吹过街头，前方空无一人，远方只有朦胧哀伤的路灯灯光，像是故事的尽头。

“他在哪？”

“啊，在路上，我去接他一下，一会儿就过来。”

“好。”

八

金叔就在不远处的一个浴足中心里，这附近就这么一家，估计怕让我们发现，所以他才会故意往相反的方向绕远路。想必金叔是在那给人家唱歌，拉下身段和面子，唱烂大街的破歌，出个丑，讲个主角是自己的荤段子，讨个好。

金叔哪来的钱？这些年怎么过的？为什么突然要去赶场子？

这些问题在此刻都有了答案，我逆着风快速走着，跑着，越来越快，北风呼啦啦地在耳畔低语着，像在挽留，又像在催促。

我终于喘着粗气停在了浴足中心的门口，见金叔正扶着电线杆子，弯着腰。我走了过去，他吐了出来。

金叔抹了抹嘴，抬头看到了我，问："你怎么来了？"

我不知道该怎么回答，眼前的金叔直起了腰，脸上的醉意退了大半。

"王八蛋,灌老子,差点就不行了,赶紧走吧,大栓到了？"

"嗯，到了。"

金叔快步走到了我的前头，似乎不太想让我看到他现在的表情。

我们一路无言，但这一路的无言又回答了很多的问题，像是一部电影的结尾，很多谜题都被作了答，于是故事也该无憾地结束，人也该没落地离去。

但无论是电影还是故事，结束都该是盛大的。

　　舞蹈室的那条街上没了什么人，北风再次吹过的时候，像是一个巨大宅子里的弄堂风一般。李建民和王大栓的说话声从街头传来，且越来越清晰。

　　是到落幕的时候了。

　　"你去哪了你，怎么才到？还一身酒味！"

　　"大栓你到了啊，唉，一个音乐制作人叫我去喝一杯，推不掉啊。"

　　"哎哟，混得可以啊。"

　　"走吧走吧，老子嗓子都痒了。"

　　"哎哎……等会。"

　　"又怎么了？"

　　金叔突然哽住了，样子看上去像是要说什么了不得的话。

　　"真的都来了啊！"

　　一个声音从对面传来，我转过头，看到一个留着长发的男人正笑呵呵地过来了。

　　这是谁？

　　"见鬼！"李建民声音都变了，"金改革你不是说狗子死了吗？！"

　　金叔尴尬地笑了笑："不这么说怕你们不来啊。"

　　"老子跟建民推了好几个会，还觍着脸向老板请假，玩我们呢？！"

"狗子你知不知道这事？！"

"知……知道。"凯歌子声音也遮遮掩掩，听上去怯怯的，"我想着……开个玩笑也没什么。"

"你……你！"李建民愣住了，脸憋得通红，半天吐不清楚一个字。

"得了得了，建民算我错了，咱们去酒吧开演唱会去吧……"

"开个屁！"李建民吼道，粗暴地甩开了金叔伸过来的手，"这都什么岁数了？你要把自己玩死，别拉上老子！老子要去赶飞机！大栓你走不走？"

王大栓正在接一个电话，听李建民这么一说，放下了手机，看着金叔似乎想说什么狠话，但还是什么也没有说出口。

"走！"王大栓跟着李建民头也不回地走了。

两人背对着我们的模样突然变得无比陌生，我看到金叔拿出了兜里的那张老照片，细细地在昏黄的路灯下摩挲着。老照片彻底褪色了，岁月从外向内腐蚀掉了最靠外的两个人，照片上只剩下了金叔和凯歌子。

凯歌子走到金叔的身边，看着金叔慢慢地撕着那张老照片，轻微的声音像是故事最后的垂死挣扎。金叔的头埋在自己的阴影里，让我没法看清。

"昆子。"金叔的声音也变了，疲惫的嘶哑是我从未听到过的，"辛苦你这么多年陪我胡闹了，这乐队，就这么散了吧。"

金叔松开了碎屑，北风把它们吹开，落了一地，而后又吹落到各处，灯下，黑暗里，总之是逐渐都没了踪影。

我回过头，看到金叔和凯歌子已经走了，那是和酒吧相反的方向。有个路人看到了后半幕，路过我的时候嗦嗦地笑了——"像狗一样"。

我不清楚他说的是谁，或许是我，或许是金叔，也或许是凯歌子。

这种事情，谁知道呢，谁又在乎呢？

我突然听到前方有人在唱一首歌——

你走的方向是远方，

远方的方向是天涯，

天涯的方向是曲终人散，

曲终人散的方向是青春的尽头。

尽头的方向是一无所有，

当我一无所有，你已经远去，

我看不到了，看不到你了。

我把曾经的老照片在路灯下撕掉，

一，二，三，四。

我按着节奏将青春掐死了，

一，二，三，四。

我按你走的方式将老照片撕碎了。

你走的方向是远方，

远方的方向是天涯，

天涯的方向是曲终人散，

曲终人散的方向是青春的尽头。

……

在夜幕之中，歌声也没了，路人也走了，舞蹈室里的姑娘也全都出来了。一阵吵闹之后，姑娘们或是结伴走了，或是上了停在门口的车，最后只留下我一个人站在舞蹈室门口，像个迎接黑暗的孩子，显得那么无所适从。

其实这么多年来，我们的青春和梦想都一度在金叔的身上苟延残喘着，这份责任是金叔自己要背负的，却殊不知我们就在等它们死去。

我想，给金叔最大打击的，不是得知真相的李建民和王大栓气愤而走，而是关于他们的故事，连个回光返照的机会都没有，就被自己人补上了最后一刀。

R 和 ock

一

海子找到我的时候我刚松了领带，正在吃摊上的馄饨，他那天换上了大学时候的嘻哈服，头发也不知怎么的染成了黄色。而这会正是 A 市 −10℃的天气，我西服里头穿的都是加绒的衬衫。

"昆哥，我刚和乐队请了假。赶紧走吧，婚礼要开始了。"

"着什么急，又不是你结婚，等我吃完这碗馄饨。"

"昆哥……我跟楚魏商量好了，你要是临时变卦想扎婚车车胎我们也帮你！"

"是你们想扎吧？"

我用筷子把藏在汤里的最后一个馄饨吃了，然后趁热喝了一大口汤。海子坐在我的对面，很正经地跟我说着扎车胎的事。这会 A 市正是最冷的时候，天空是快要下雪的暗红，四周人声嘈杂。

"赶紧走吧，婚礼已经快要开始了。"

"我知道。"

"你知道新郎是谁吗？"

"知道。"

"她的大学同学都来了，还有些不认识的，估计是高中的。"

我努力把自己沉浸在最后一个馄饨厚实的香味里，努力装作在听和自己无关的事情。陌生的 A 市异常寒冷，北风呼啦啦地吹过干燥的街道和我的心田，一切都随之降低了温度，触到了能容忍的极限。

"我说了我都知道！"

我一拳砸在了桌子上，把小半碗的馄饨汤全都溅在了海子那贱兮兮的嘻哈服上。四周顿时安静了下来，只有眼前的木碗不甘地倒了。这让我有些不自在。我松开了拳头，把倒了的碗扶正了，过了会儿，人们见没什么热闹可看便又自顾喧闹了起来。

"其实我就是想告诉你，"海子站了起来，低着头，那副熊模样看上去是想回家换衣服，"榕荣姐要嫁给别人了啊！"

榕荣要嫁给别人了。

海子的这句话让我的大脑整体停顿了一秒，似乎整个神经都在那一瞬间去理解和适应这句话的含义。所以在海子隔着桌子一拳头打过来的时候，我来不及防备被打得差点摔倒。

"我不是说了我知道了吗？"

"光知道有什么用啊！"

在 A 市寒冬的夜里，我和海子厮打在了一起，像两个疯子一样从馄饨店打到了烧烤店，然后又打到了马路边。我已经数不清挥出去了多少拳，直到后来我隐约听见了哭声，极小，像是在哽咽。

我坐在海子的身上，停下了拳头，抬头看到 A 市的天空开始下雪了。

"我说海子，摇滚是什么呢？你还记得我的回答吗？"

二

那是在 2008 年。我指的不是我和榕荣相识的年份，而是 R 和 ock 相遇的时候。

那一年我考上了 S 市的一所大学，如同叛逆的火车被挤回了正轨。父母满意地看着我拿着从家里带的被褥和春夏秋冬的衣服离开了家门，却不知道背包里还偷偷掖着被砸坏了的吉他残弦和黑狐乐队的专辑磁带。

陌生的城市，陌生的大学，陌生的同学，我继续着高中独来独往的生活，天天戴着耳机，是一列时速 80 公里的正经绿皮火车。而实际上,我是在等待着一个变轨的机会。

那是在秋初的时候,S市已经有了几分凉意,学校情人坡的法国梧桐已经开始落叶,恋人们在风中依依不舍,到处都是荷尔蒙那悲伤的味道。

而我也终于等到了S夜音乐节的海报,在宣传栏上看到那让人兴奋的宋体字时,他人荷尔蒙带来的悲伤立即被一扫而空。

S夜音乐节是一个大学音乐节比赛,最高奖金达到了100万,参赛者需要组建乐队,并在3年内在10家大型酒吧有演唱经历,当然也可以是25家中小型酒吧。参赛乐队只有这样才有资格参加第四年的现场赛,黑狐乐队当年曾为了这个比赛唱遍了S市的50家酒吧,这一纪录至今无人能破,但当年如日中天的黑狐乐队却在第四年的现场赛前夕突然解散。

我很快就把自己的资料上传到了官网,并在三天后得到了系统随机分配的乐队其他三人的资料和联系方式。

就这样,命运很多扇门中的一扇悄悄地被一个低概率事件打开了,而走进去的时候,所有人都茫然不觉,如同陷入了一场莫名其妙的大雾里。

"这周末见个面吧。"

在聊天室里,这三个人话都不多,我只跟其中一个多聊了几句,那人就是欧阳海。后来欧阳海也下了线,聊天室中除了我，其他三人的头像都暗了下来。

"叫潮水怎么样？"

"等他们来了再商量吧。"

"我感觉其实潮水……"

当欧阳海兴致勃勃地跟我解释着被我第五次否定的乐队名字时，我看到一男一女结伴走了进来，他们四处张望，然后把目光锁定在了我们身上。

"你们来得好早啊，这是咱们主唱，榕荣。漂亮吧？"

我眼神一挑，看到了榕荣。而当榕荣坐到我对面位置上时，多嘴的欧阳海也安静了下了，他嘴里的尾音很灰地消失在了咖啡氤氲的热气里，像是被扎破了的泡沫。

我这时才听出咖啡馆里放的轻音乐是下村阳子的 *Missing You Namine*，一首轻柔无比的思念曲。

没错，榕荣很漂亮。

"你俩不会看傻了吧？让我猜猜，你是欧阳海？你是吉他手凯昆？"

"嗯，我是。"我挠了挠头，抬头的时候眼神和榕荣相碰了一瞬，"刚才我和欧阳海讨论了半天乐队名字的事。"

"我觉得谈名字什么的太早了，我跟楚魏在半路遇见后谈了很久。"榕荣一边搅拌着咖啡，一边托着腮帮子，"我们非常合不来。"

"哦……我们本来是准备不欢而散的，但毕竟和你们说好了要来，所以特意告诉你们一下。"当楚魏把榕荣的话补充完了后，我突然很想把手里的咖啡泼在他的脸上。

"我说你们也太随意了吧？"

"有吗？"

两人异口同声。

"我们已经没有机会了，我们是最后一批分配的乐队，如果解散的话就没有机会参加音乐节了。所以，求同存异才是正道。"

榕荣和楚魏又安静了下来，他们中的一个继续在搅拌着自己的咖啡，另一个则望着窗外，很久之后，楚魏才吐出一个字——切。

在那一刻，我感觉好像回到高考前一个月，父亲摔断了我的破木吉他，整个房间全是吉他最后悲鸣的尖叫声以及父亲的谩骂声。那天S市下了很大的雨，雨声击打着玻璃，和父亲砸吉他那天杂杂乱乱的声音很像。

四个人都不说话了，窗外的雨砸在了窗户上，好像是正在放的钢琴曲的泪。

摇滚到底是什么呢？似乎总要有个不顾一切的理由才能安慰亢奋的灵魂。我是一列刚刚走上正轨的绿皮火车，我不想知道沿着铁轨一直开着会到哪里，而突如其来的音乐节正是我所期待的一场充满各种可能的变轨。

这时我兜里的手机响了，我拿起一看，是条短信——"海心"的演出邀请函。

在音乐节第一轮的淘汰赛中，主办方会联系全S市的大型酒吧，且随机选择一部分性价比比较高的乐队，并直接给他们一次去酒吧卖唱的机会。

"我们走运了，被海心邀请了。"

"海心？！你确定吗？！听说那聚集了全S市四分之一的名媛啊！"

"是啊！海心的苦艾酒超赞！一定要接受邀请！"

一直看对方不爽的榕荣和楚魏居然在这时站在了同一战线上，可听他们的口气，显然一个是为了名媛，一个是为了美酒。

"那明天就出来练习一下？"

三

第二次遇到他们是在每小时40块钱的排练室，楚魏一直在很尴尬地打哈哈，但榕荣却毫不留情地对其进行着各种讽刺。而欧阳海却还为了"全S市第二的酒吧万一搞砸了怎么办"的问题哭丧着脸。

我低头看了眼自己的吉他，然后把手放到了熟悉的位置。耳边那两个人还在喋喋不休地相互吐槽，欧阳海弱弱的劝架声夹在其中显得相当可怜。

"喂，要开始了。谱子按昨天说好的那个。"

楚魏"切"了一声，然后站在了榕荣的右边。吉他声从我指间流了出来，海子的鼓点一拥而上，楚魏的贝斯顺着节奏也加入了进来。当前奏稳稳当当后，虽然并非每一个节拍都是完美的，但我却清楚地闻到了音乐的味道。

完美的前奏引诱着主唱榕荣的歌喉。

我再次抬头看到了榕荣，那一刻她微微闭上了眼，似乎是被淹没在了我们三个人所营造的前奏里。

没有什么能够阻挡

你对自由的向往

天马行空的生涯

你的心了无牵挂

穿过幽暗的岁月

也曾感到彷徨

当你低头的瞬间

才发觉脚下的路

心中那自由的世界

如此的清澈高远

盛开着永不凋零

蓝莲花

……

在那一刻，榕荣似乎变成了一首歌。在听榕荣唱歌的时候，你的眼里仅仅只有这样的一个清澈的女孩，无论她是唱慢摇滚，还是重金属，那种清澈和纯粹劲都无法磨灭掉。我从未如此近距离地听过这么美的音乐，那种勾人魂魄的魅力让我的灵魂仿佛也随着字节共振了起来。

人们都说肌肉记忆会持续很久，这以至于多年后我独自弹吉他时，手指总会情不自禁地放到《蓝莲花》的位置上。

"好听。"

当最后的尾音由楚魏结束后，他默默地说了句。

四

在那个夜黑风高的 S 市之夜，我们在灯火通明的火锅店把酒言欢。

"我突然发现个事情。"楚魏兴致勃勃地打断了我们，"你们有没有发现我们的名字很有意思，榕荣的榕首字母是 R，欧阳海的是 o，我和凯昆是 c 和 k！Rock！我们四个在一起就是摇滚啊！"

"亏你能扯到这里来……"

"那乐队名字就叫 Rock ？"

"好俗……"

"那叫 R and ock 吧。"

榕荣托着腮帮子，她的眼神通过氤氲的热气有些迷离。有那么一瞬间我发现她是在盯着我，但眼神很快就被上升的热气给遮住了，等我再次去看时，她的眼神又飘到了火锅里。

"羊肉都烂了，这个名字可以吗？"

"好啊，我喜欢。"

我说道，然后抢了榕荣眼前那片快要煮烂的羊肉。

之后随着演唱的那一天的逼近，所有人心中的忐忑也不知不觉地显露了出来。

那个时候我还一直奇怪楚魏为何一开始就为难榕荣，后来我才明白原因其实和小男孩喜欢捉弄他喜欢的女孩一样，都是为了用整脚的方式去吸引对方的注意。

但那天我顺路送榕荣回去时并没有跟她说这个，在记忆中我和榕荣两个人压马路的次数并不多。

"如果没有收到海心的邀请，我们四个可能不会再见面了吧？"

"或许吧。"

"凯昆，我感觉你弹吉他总是使了很大的劲，有些节奏点总会很重。就给我一种……像在用命去弹奏的感觉。"

眼前的路灯延伸进了远处的黑暗里，昏黄的灯光不断地拉扯着我和榕荣的影子，那一刻我终于忍不住转过头看了眼身边的女孩。那天榕荣穿着粉色的针织毛衣和天蓝色的磨边牛仔裤，大大的围巾裹着她的脖子，秀美的长发被简单地扎在了后面，漂亮的眼睛也时不时就会被垂下的发丝给遮住。

"你说摇滚是什么？"榕荣快步走到了我的前面，然后一个转身到了路灯下，微仰着头，一脸笑容地看着我，问道。

"我也不太清楚，大概和命有关。"

我声音很小，不确定榕荣是否听到了这个模糊的答案。我只是看到她一个转身又回到了我的身边。很多年后，我才发现自己一直都在期待着再见到她这样的一个转身。

我们走到了路口，榕荣停了下来，有些尴尬地指了指不远处的一个高档别墅小区："我家在那里。"

"没想到你还是千金小姐。"我一笑，故作洒脱地后退了几步，"那我先走了，明天见。"

"嗯，明天见。"

经过一个星期的准备，我们终于走进了"海心"的大门，登上了酒吧中心的舞台。

当一切准备就绪，话筒打开后的短暂刺耳声吸引住了所有人的目光。我把右手放到了轻弦的位置上，然后轻轻拨动。紧张的肌肉终于松弛了下来，清澈的吉他声通过音响淹没了酒吧，鼓声伴着贝斯声让前奏稳稳地响起。随后，榕荣再次变成了一首歌。

> 菊花古剑和酒
>
> 被咖啡泡入喧嚣的庭院
>
> 异族在日坛
>
> 膜拜古人月亮
>
> 开元盛世令人神往
>
> ……

台下的人西装革履，或是穿着很考究的毛呢子，掌声不低也不高。可我总觉得这些不对劲，但这个问题我也并没有时间去多想。

许多年后，时间之轮不会再倒转到那年的秋天，岁月也被蹉跎得让这个初秋在我脑海中只剩下了一些零散的关键词，但我想，在那一刻我关于青春的叩问就是弹好手上的吉他，那便是对"什么是摇滚"最好的回答。

四首曲子过后中场休息，我们被引到了舞台旁边的沙发那。

我抬头看见迎面走来了四个人，大概是另一个乐队的，为首的是一个金色长发的男生，他端着一杯红酒，站在了我们面前。

"表演得不错。"

"谢谢。"

楚魏毫不客气地接受了对方的夸奖。而对方依旧很高傲地站在那，似乎并不满意这个答案，抑或是在等我们让个位置。

"有兴趣一会儿结束了去吃个饭吗？"

"寝室 11 点门禁，去不了，谢了。"

"我没跟你说话。"金发男很不屑地向前又走了一步，然后微笑地看着榕荣。

楚魏脸色有些难看，而这时又有人来了。

"吆喝，好热闹。"

这人戴着一副黑框眼镜，留着板寸，一副大龄青年的模样。金发男回头看到了这个人，顿时又换了一个态度。

"东哥？您来了，安哥说有空可以聚一聚……"

"没空。"

金发男吃了个闭门羹后，脸上刚堆起的笑容凝了一秒就悻悻地收了起来，他转身离去的时候留了一句话——

"音乐节这池水很深，劝你们见好就收。"

就在我琢磨这句话的意思的时候，那个男人很不见外地坐在我的身边。

"嘿，兄弟，你吉他弦上有血。"

我这时才发现麻木的左手指有些隐隐作痛，我摊开一看，发现食指和中指上有明显的血痕。

接下来的几首曲子需要左手滑弦的地方很多，但我不确定我的左手可以保证每一个滑弦的完美。

"怎么回事？"

"刚才弹吉他的时候用力太猛，手指划破了。"

"那怎么办啊？"

海子一脸绝望地瘫在了沙发上，楚魏则一个劲地骂娘，说要么跟老板商量下今天就到这，而榕荣却紧咬嘴唇不说话，不知是心疼我，还是心疼可能被腰斩的演出。

"你们接下来都是哪几首曲子？如果我会的话可以临时当下吉他手。"

"许巍的《九月》和《少年》，汪峰的《幸福的子弹》和《存在》。"

"虽然有段时间没弹了，但应该没问题的。"男人一笑，"我叫李城东，你们叫我东哥就可以了。"

我们四人相视而望，全都舒了口气。

"太感谢了，我叫凯昆，这是欧阳海，另一个是楚魏，他们是鼓手和贝斯手。而她是榕荣，我们的主唱。"

东哥点了点头，看了眼我们，然后自顾地端起一杯鸡尾酒，仰脖一饮而尽。

"把吉他给我吧，我热一下身。"

后来的四场演出是由东哥接手，不得不说东哥的吉他弹得无比流畅，每一处转折和滑弦都处理得天衣无缝，尤其是那完美的推弦，足以让内行人惊叹。但在这沧桑悦耳的吉他声中，我却莫名地听到了熟悉的旋律。可惜我在台下听了很久也想不到能和东哥重合的身影。

这便是我们和东哥的初次相遇。很多年后，我总希望能在混乱的酒吧或是商场门口卖唱的台上看到东哥的身影，但东哥走后我便再也未曾见过他，我不知道他是南下经商了还是北上闯荡了，我只知道我和东哥之间已经隔了一片广袤的人海。

五

有了东哥的帮助，我们的第一场演出很顺利。结束后已经 10 点多了，我们五人去了附近的大排档吃烧烤。

"东哥，你是哪个乐队的？"

"我只是哪里缺吉他手就去帮帮忙，混口饭吃而已。"

东哥眼神有些迷离。在我的印象中，东哥常年戴着黑框眼镜，这副眼镜似乎遮住了他眼神中的一些东西，"但之前也有过一个乐队，瞎玩而已，后来散了。"

我想我们四人没人会相信东哥的那句"瞎玩而已"，这时气氛有点尴尬，还好楚魏很会察言观色地打起了哈哈，很快就把话题扯到了别的上面。

后来东哥还帮我们找了一个便宜的平房当练习室，平时我们也在那聚会或是扯淡。一个月后我们结束了"海心"的演出，挣了一笔钱，每个人分下来也是一笔可观的收入。

在另一家"火唐"演出后没多久，榕荣便反映说有人跟踪她，她怀疑是她家里派的人，因为她父母一直反对她去酒吧卖唱。而我跟楚魏则一致认为是狂热粉丝干的，这导致榕荣整整三天没理我们，后来我跟楚魏还有海子只好轮流送她回家。

我们 ock 三人在整个大学生涯都是单身的，没错，因为我们都喜欢榕荣。但没有任何一个人说出来，我们三个心照不宣。后来才发现原来是四个。

六

东哥很像是我们的经纪人，帮我们和酒吧沟通，给我们谱的曲子提建议。

我们五个聊天的时候，我常想除去三个男孩同时喜欢一个女孩的狗血剧情，就这么下去也挺不错的。

但麻烦也很快就来了。

那天我照常去练习室，却发现门被撬开了。我心里一惊，连忙推开门进去，发现房间里一片狼藉，海子的鼓被捅破滚在了角落里，桌子上的一切东西都被破坏得一干二净。

等楚魏他们来了后，大家都傻了眼，楚魏和欧阳海一个劲地骂人，榕荣则默不作声地把椅子扶了起来。

我过去帮她的时候，一个破碎的杯子掉到了地上，然后又是一地的碎片。我发现榕荣的肩膀在耸动，这哽咽声一开始声音极小，但当海子和楚魏默默停止谩骂后，这极小的哽咽声便在空旷的练习室变得无比清晰了。

"为什么……"榕荣转过身，梨花带雨地看着我，然后低下头狠狠地撞向了我的胸口，"我们该怎么办？凯昆……"

我不知道榕荣是否听到了我那急促的心跳声，我缓缓地把手放在了她的肩头，这时，榕荣终于"哇——"的一声哭了出来，她拽着我的衣服，让眼泪透过胸口凉进了我的心里。在我心中一向是坚强开朗的榕荣，此刻却又回归到了一个柔弱的女孩，其实关于青春的许多伤痛都应该让我们去承担，男孩就该顶天立地背负一切的责任，女孩只需在我们的背后帮我们涂点防晒霜就行了。

这时，练习室的门开了。

"音乐节的确水很深，不要纠结是谁砸的，记住枪打出头鸟。刚才'作乐'酒吧打电话过来，希望你们可以演奏一下商业摇滚，他们那边有些背景，卖唱的乐队被砸他们不会不管。"

我回头一看，东哥正站在门口。

"你的意思是说要么我们唱香槟配菜的商业摇滚，要么就退出上层酒吧？"楚魏嘶哑着声音说道。

"对。"

"不过比起这个，我还有个疑问。"我掏出纸巾给了榕荣，然后看着东哥，"东哥，其实你就是曾经红极一时的黑狐乐队里的那个吉他手红东吧？"

门"吱"的一声被关上了，窗外已是黄昏时分，远处归巢鸟的长鸣叫得甚是凄惨，听上去像是迷了路。

"你怎么知道的？"

"你的吉他声，那种独特的推弦技巧很少有人做到，我后来还问了问酒吧老板。但我还想知道，当初黑狐乐队解散的原因，是不是也遇到了我们现今的选择？"

我感觉到身边的榕荣身子一颤，她不安地看着东哥，而东哥却点了支烟，缓缓地说："差不多算是吧。"

东哥说，黑狐乐队当年是从中小型酒吧开始闯荡的，因为过于受欢迎，理所应当地就被请到了大型酒吧。而刚演出了一场，黑狐乐队便被老板要求做一些关于曲风的改变，他们闯荡中小型酒吧所编的曲子都偏于重摇滚，但这个曲风在大型酒吧并不被买账。

后来小酒吧的顾客们都说去了高堂雅舍的黑狐乐队不再是闯荡小酒吧的黑狐了，而是变成了富人们的狐皮围脖。

东哥在一次醉酒后耽误了演出，后来索性拒绝参加比赛，最后因为违约，黑狐乐队被迫解散，而东哥却一个人承担了所有的违约金。

"后来的事我跟你们说过，一直在给一些乐队当临时的吉他手。"

此时此刻，北风也不再拍打我们漏风的窗户，榕荣转身用海子的鼓槌敲起了无聊的节奏。

"既然黑狐都做出选择了，我们 R and ock 为什么不呢？"楚魏吐了一口烟，然后恶狠狠地把烟头甩到了地上，"去他的作乐！去他的商业摇滚！这就是我们的选择！"

七

回到寝室没多久，我便收到了东哥发来的短信——

"特训。明天去 S 市东区的菜市场，根据街上声音的节奏弹奏吉他，作出一个曲子，并卖艺。当卖艺收入达到2000元训练结束。"

如果不是刚才发生的一系列的事情，我准以为东哥是在故意整我。他不教我精湛的推弦技巧，也不教我重金属摇滚的速弹法，而是让我去菜市场……作曲。

我把短信看了两遍，又把发信人确定一遍，的确是东哥，这才怀着忐忑的心情入睡了。

第二天正好是周六，我硬着头皮来到了东哥所说的菜市场。我挤过人群来到了一个稍微空旷的位置，闭上眼睛听四周的声音，逐渐，我发觉如果除去喧闹的人声，东边剁肉的声音和南边摘菜的声音交错在一起似乎是有节奏的，我尝试着用推弦和滑弦去表达这两种声音，而这时西边卖海鲜的吆喝声又闯了进来，于是我又加了颤音，然后不断地压弦。

第一次尝试显得无比凌乱，来来往往的大妈那一脸"这就是不好好学习的下场"的眼神也让我无比尴尬……

而这时，我听到了不远处另一边熟悉的贝斯声，顿时心情好了许多。

两个星期后，当我可以不断地用推弦和压弦去表达东边剁肉的节奏时，我才终于明白了东哥的用心。我和楚魏各自霸占菜市场的东西两个位置，而海子则不得不把鼓心塞实去菜市场的南边孤独地敲打。

我不清楚东哥给榕荣布置的训练内容是什么，但按这个节奏就算是帮老大娘去吆喝着卖菜我也不会感到太惊奇……

"凯昆？"

我一抬头便看见了提着菜篮子的榕荣。

"东哥不会真的让你去卖菜吧？！"

"没有啊，我是来买菜的，喏，你在卖艺？"榕荣指了指被几块石头压着的报纸上的罐子，然后一脸笑意地丢进了一个钢镚。

"切，这是特训好吗。"我有点尴尬地低下了头，把目光瞥到了一旁剁肉大叔的刀工上了，"榕荣你的训练内容是什么？"

"东哥说我有空润下音色就行了。"

"靠，不是吧，这么偏心？难道东哥也喜欢你不成？"

"什么呀！"

"啊？"我心一跳，连忙抬起头，但目光刚和榕荣对上便又心虚地低了下来，"没……没什么。"

而榕荣半天没说话，我再次小心翼翼地抬起头，四目对视，一双来自北方粗糙的眼睛和一双来自南方慧黠的眼睛猛然碰撞，顿时我便感觉到了不祥的火花。

"你刚才说'也喜欢'对吗？"

那一刻我的心跳直升120+，似乎脸都红到了脖子根。

我拼命地摇了摇头，然后低头自顾地摆弄起了吉他。

后来我才明白，如果一个女孩子在你无意中说出喜欢的时候较真，那无非是想逼你先表白而已。其实每一个女孩都是一座迷宫，任何人都可以进来，但不是每个人都可以得到她给的地图，而有的人得到了，却又害怕在某个拐角处会和熟悉的人相遇，让对方发现自己是个作弊者。

后来榕荣对这件事只字不提，那天中午一起在练习室吃饭的时候她也依旧是从前那副没心没肺的模样。

"凯子，你今天怎么话这么少？"楚魏很贱地问道。

"我……"

"在菜市场被哪个卖菜西施看上了呗，豆腐西施，白菜西施什么的。"

"菜市场无论哪个方向都只有东施好吗？"我低着头小声嘀咕了句。

八

这样的训练持续了四个多月，第一个月收入仅为100多元，而随着对节奏的感控能力的增强，在第二个月我终于破了500元大关，在随后的两个月，我终于攒齐了2000元的卖艺所得费。

那天下午，我和楚魏一人提着一大袋子零钱浩浩荡荡地来到了练习室，关了门后，"哗——"地一倒满地的零钞和钢镚，足足堆了两座小山。

"这要是拿去银行换整钱，会把数钱的吓哭吧？"榕荣一脸黑线地吐了句槽，"海子呢？"

"今天风太大，那个二货数钱的时候一麻袋钱被刮走了大半，就留了一底袋的钢镚，估计现在正满市场找钱呢。"我跟楚魏默默地扶额道。

"干得不错啊。"这时东哥也回来了，他戴着黑框眼镜活脱脱一个老文青，"你们几个的曲子搞得怎么样了？"

其实在最后一个月我就已经尝试着把听到的一切声音糅合在一起，东哥说的没错，摇滚的确是个野音乐，没有忧伤和欢喜，只有癫狂和呐喊，而有时它又可以安静和沧桑，摇滚乐是最纯粹的音乐，表达的情感也没有一丝的做作。

"东哥！我也凑够 2000 元了！"似乎在很远的外面，弱弱地传来了海子欢快的声音。

"1，2，3，4，go！"

随着海子有力的一击敲响，演奏开始了。我不断地推弦和滑弦，用颤音处理每一个细微的转折，这股节奏时而高昂，如同奔腾而下的瀑布，时而低沉，像静藏地底的暗流，鼓声带动着吉他，贝斯配合着鼓声，如此畅快淋漓浑然天成的演奏在记忆中并不多。如果说榕荣唱歌时变成了歌，那么此刻的 ock 三人便变成了曲子。

当我将最后一节尾音画蛇添足地多滑了三次弦后，这才恋恋不舍地结束了最后的音符。

这一系列的事情下来，音乐节已经快要到了，我们四人便开始了酒吧卖唱的闯荡生涯。一家又一家，我们穿行于各个小酒吧里，在充斥着劣质啤酒味道的大厅里用从菜市场里锻炼出的勇气毫不怯场地演出着，直到愁眉苦脸喝酒的青年放下酒杯靠近舞台，直到独自在角落抽烟的大叔也哼起了节奏。

什么是摇滚呢？后来我便不再问这个问题，因为我已经找到了答案。

到了大三，我们已经闯荡了 25 家酒吧，虽然离黑狐乐队当年的纪录还有很大的距离，但也算小有了名气。

我们紧随蓦然天下乐队得到了复赛的第二张入场券，当初在海心的那个黄毛男子叫金朔，他正是蓦然天下乐队的主唱，在我们四个还有东哥一起去领入场券的时候，正巧碰到了他们。

"别以为得到了入场券就能参加比赛，对吧，东哥？"

"你把头发染成了屎一样的颜色你家里人知道吗？"

楚魏吊儿郎当地笑道，他那一身的痞子气把金朔气得面色铁青，但他不怒反笑，那副表情总让我有种不安的感觉。

金朔意味深长地看了一眼我们，然后便离开了。

九

再过半年S夜音乐节就会开始现场复赛，到那时众多乐队将会短兵相接。

"8月20号来时代广场演出吧。"

"那不是我们现场复赛的前一天吗？丞叔你在打什么小算盘？"

在一家规模只算中等的酒吧，我们刚演出完便被老板丞叔给拦住了。

"哎呀，给你们一个机会去练练胆嘛，我们联合好几家酒吧一起赞助你们！好歹也要配得上'下有Rock'的传言嘛！"

"成吧。"

我们四人刷副本式的演出却依旧在继续，后来无意中我们听到了"上有天下，下有Rock"的传言，楚魏说他去大型酒吧听过蓦然天下乐队的演出，不得不说他们的功底的确不错，但奇怪的是曲风和演奏风格和我们乐队有相似的地方。

"难道是他们暗中模仿我们？"

"他们的指导者也曾经是黑狐乐队的成员，所以也没什么可奇怪的。"

我对此不以为然。

十

"新编的谱子我们五人人手一份，别外传，再进行几次练习就该你们上场了。"

"好！"

"没问题！"

"放心吧。"

半年时光弹指间便已过去，我们闯荡酒吧的纪录永远停在了 32 这个数上。而关于榕荣的这个迷宫，我们三个却一直躲在某一处角落里，但偶尔也会私下议论着比赛结束后关于表白的事情。

那天榕荣离开练习室后突然又折了回来，然后红着脸拿着外套就走了，这让我们三个刚刚在讨论表白的人心惊胆战了很久。楚魏说或许她在期待着我们三人中某人的表白吧，但我们却没有一个人敢自大地说是自己，可能是因为双拳难敌四手吧。

其实无论多么自大的男生，在关于爱情这方面都会显得小心和自卑，因为男生往往很容易把所有的骄傲都赌在女孩一个不经意的眼神上面，然后输得一塌糊涂。

但实际上，我们三人都失去了表白的机会。

在离我们出场的前一周，我们听了蓦然天下乐队的原创歌曲，面如土色。因为那再也熟悉不过的旋律和歌词都是我们自创的。很显然，我们五人当中有人泄露了曲谱和歌词。

那几天没人再去练习室，R and ock 不攻自破。怀疑是最作死的事情，而怀疑同伴则是生不如死。直到那天，我在买醉的路上碰到了楚魏。

"你看了李城东发的短信了吗？"

"我手机估计落酒吧那了，怎么，东哥怎么了？"

"他说是他干的，黑狐乐队那会他欠了一大笔钱，前一段时间债主找上门了，他便把我们的谱子卖给了蓦然天下。"

"我不信。"

"可这就是事实，之前你不觉得蓦然天下的曲风和我们的很像吗？"

后来我的买醉生涯一直持续到了周五，还好寝室的弟兄不错，总会换着班帮我点到。在熟悉的小酒吧里，老板看着我一副颓废的模样，默默地免了我一天的酒钱。说实在的，醉是个很有意思的状态，能随机地把你心里的一些小思想放大，它们有好有坏，能让你狂笑或大哭。我喝累的时候就会端起小小的子弹杯，透过威士忌的橘黄色看眼中的世界，一切都是火焰那快要熄灭的昏黄，悲伤的酒保，悲伤的大叔，以及正在喝酒的金朔。

当子弹杯脱手的时候，眼前的那一幕才从昏黄跳到了真实的色彩。杯子摔碎的声音不大也不小，有点像什么东西的惨叫。

我扑了过去，扑向了金朔，憋屈和愤怒在酒精的作用下像洪水猛兽一般淹没了理智。

直到有人报了警，我们两个才被随后来到的警察拉开。我在半醉半醒中全身酸痛地被警察塞进了车里，而下一段记忆却是抽泣声和温暖的香味，在意识消失的最后一瞬，我看到了榕荣梨花带雨的双眸。

十一

等我做完了笔录从警局里出来时，北风刮得正猛，楚魏和欧阳海在门口抽着十块一包的红双喜，台阶下是一地的烟头。

"酒醒了？"

"差不多了，金朔呢，被放走了？"

"那小子被你打进医院了，你可真够狠的。"

"钱谁交的？"

"没交钱，局长是我爸朋友。"

这会天空已经泛白，黎明的北风吹散了聚在树底的叶子，沙沙的声响像是粗糙的滑弦声。我听楚魏的声音有些嘶哑，像是昨晚跟谁说了一夜的话或是吵了一夜的架，我接过他递来的烟，靠近烟头借了个火。

"不过话说回来，我第一次看榕荣哭得这么凶，就这一个理由足以让我跟欧阳海把你也揍进医院。"

"抱歉。"

"这话跟我说没用，刚才榕荣接电话去了，一会你跟她说去。"

"她人呢？"

"在你身后。"

我心一跳，听到风扯裙子的声音。

"都是我的错，谱子根本就不是东哥泄露的……"

"什么？！"

"是我父母把我放在房间里的谱子偷偷复印了，给了蓦然天下……"

北风依旧是我刚出警局时那么大，天空开始泛亮，远处传来卖煎饼果子的阿婆的吆喝声。榕荣那攥在手里的手机依旧显示在通话，一个老妈子支支吾吾的声音在风中听上去模模糊糊的，但过了会便消停了。

"你们几个怎么还在这？"倒班的警察不耐烦地走了出来，"赶紧走，走走走！"

"明天下午都能去时代广场吧？"我看着冲我走来的警察，等着他们的回答。

十二

第二天，当欧阳海来了的时候，我跟丞叔正在调音响，酒吧里其他几个哥们则忙着把几个强光灯挂在架子上。

"赶紧来帮忙！"

"哦哦！"

"你来帮丞叔调音响，我去给楚魏打个电话。"

欧阳海送走和他同行的几个帮他拿架子鼓的人，然后赶紧跑到刚架起的舞台上。昨天我跟东哥打电话时才发现他已经停用了那个号码。我想东哥之所以背了这个黑锅，无非是不想让我们继续怀疑彼此，他当然不知道是榕荣父母所为，他或许已经潜意识地原谅了那个并不存在的犯人。

"别打了，我到了。"

在我刚接通电话的时候，楚魏冷不丁地从我身后拍了下肩膀。

"你是想吓死我？！"

快 6 点的时候一切都准备好了，丞叔叫了几份盒饭，我数了数，有榕荣的那份也有东哥的那份。东哥的手机已经停用，而榕荣的手机却是关机状态。

那天时代广场上有很多人，我感觉自己又回到了当初的菜市场，用耳朵听这个世界的节奏。什么是摇滚呢？摇滚是野音乐，是粗糙单纯的节奏，是囊括青春的一阵北风。

台下窃窃私语，我和楚魏调了调音，然后行云流水般地开始了前奏。我们不约而同地把同一个节奏不断地重复着，似乎变成了一支在等待歌的孤独曲。

"主唱呢？"

"没主唱你们在干吗？"

我们低头不语，自顾地弹着重复了很多遍的前奏，音乐被卡在了那个节奏点，像是被大坝拦住了的洪水猛兽。

"我在这儿！"

我抬头一看，发现榕荣一身泥土地站在离我们不远的地方。她穿过人群，翻上了舞台。

"我爸妈把我锁家里了，我跳窗出来的，还好别墅二楼不算太高。"

R 和 ock 又重新聚在了一起，再次成为 Rock。

但东哥始终没有出现，我拂过琴弦，指尖一动，开始了弹奏。楚魏和着我的旋律把前奏推了出去，随着欧阳海的一声轻敲，榕荣再次成为了我们熟悉的那首歌。

也许是出发太久

我竟然迷失在旅途

我最亲爱的朋友

你让我再一次醒来

听你说的故事

深深打动我

来自这个世界

来自我们真实的生活

故事里始终都有爱

无论有什么样的艰难曲折

故事里永远都有爱

永远是美丽温暖的光明结局

……

我弹完这一段的节奏，抬头发现人头攒动，他们当中有谢顶的大叔，有下了班的小白领，有依旧穿着校服的学生，有戴着鼻钉的混混。

时代广场的旁边便是 S 市电视台的现场赛擂台，在我们唱了第八首歌时，从那边传来了另一阵音乐。两种全然不同的音乐混在一起让人感觉出奇的别扭。但下一首，便是之前我们自创的原创歌曲，那首在一个星期前被蓦然天下糟蹋了的歌。

眼前的榕荣唱完了最后一句歌便只是握着话筒，低头不语。

等最后的颤音恋恋不舍地结束在了我的指尖上时，全场顿时寂静了下来。而这时，我听到了一丝轻微的声响，它不大也不小，我回过神意识到这是广场的喇叭全开所导致的杂音。

我想所有人都听见了，也都想到了这意味着什么。

我心一跳，弹起了再也熟悉不过的前奏。而当吉他那清脆的声音轻而易举地就压住了另一边杂乱的音乐时，欧阳海迫不及待地抢了半个节拍开始敲鼓。在那一刻，我从未如此真切地感受到摇滚的魅力，手里的吉他仿佛与我的手合为了一体，缠绵在萧瑟的北风里。

　　当　蜡烛没了火的欲

　　定会安静地睡着

　　睡着而不停息地思索

青春是什么？

当　蜡烛着了火的烈

定会亢奋地燃着

燃着而激动地询问

青春是什么？

在黑暗中被吸引的飞蛾定会回答

是热烈而卑微的拥抱

但黑暗不许拥抱

……

"Rock!"

"Rock!"

　　我眼前的人群越来越多，他们在因我们的摇滚而靠近，在因这北风中的音符而疯狂。有那么一瞬间，我看见人群里有一个人回头离去，我不确定他是不是东哥，也不确定是不是他把整个广场的喇叭全都打开的，我只是真切地看到了他被淹没在人海里的背影，再也没了踪影。

　　那一刻我突然理解了这个曾在舞台上叱咤风云的男人的心情，他那看似复杂难猜的内心，其实也不过是想唱好摇滚这么简单，他所做的一切，只是为了能让观众在某一次演出，某一个路口听到最纯粹的摇滚。

如此的三年，我们追随摇滚这只音乐黑羊，R and ock 和当初的黑狐乐队一样，死得体面，在最后一刻都保持了各自的野性。

有人说现在世无摇滚，青春或许会死在呼啦啦的北风里，但摇滚永远不会，它永远在那儿，任青春穿过它的身子，去去来来。

十三

演出结束后已是晚上，丞叔拉我们去聚餐，我看榕荣去了广场的喷泉那边一直没回来，于是便让他们先去。

到了晚上，人群散了之后广场立即清静了，除了出来遛弯的大妈，便也没了别人。吹了好几天的北风在此刻终于消停了下来，水雾在路灯的照耀下模模糊糊地显示出了一条淡淡的彩虹，而榕荣却背对着彩虹盯着路灯发呆。

"嘿，看什么呢？"

"傻子。"

"啊？"

"傻子。"

我走了过去，但她一个转身躲在了路灯后面，路灯笔直地照在了榕荣的身上，落下了大片的阴影，而北风又来了，呼呼啦啦地吹乱了榕荣的头发。我这时才发现，她跳窗离家后身上的泥土一直没被拍掉。

"我今晚就要走了。"

"去哪？"

"美国。喏，傻子，有什么话要说的吗？"

榕荣笑着扬起了头，她的眼睛里有什么在闪烁着，这闪烁着的光芒因我与她的对视而倒映在了我的瞳孔里，周围安静极了，榕荣的眼睛里似乎一直躲藏着一个闪烁着的世界。

她仿佛又回到了那天在练习室柔弱女孩的模样，害怕失去一些东西，却又不确定它们是不是属于她的。

我喜欢你？请不要离开我？能不能留在我身边？

这些话到了嘴边却又被我硬生生地吞了回去。

"非走不可吗？"

"对啊。"

"那看来我跟楚魏他们说好要做的事只能泡汤了。"

"表白吗？傻子，你被楚魏还有欧阳海骗了，他们早就表白过了。"

我一愣，直直地看着榕荣，突然间知道了方才在她眸子里闪烁着的东西是什么。

"你想知道你表白后我会给你什么样的答案吗？"

在榕荣低下头的时候，一辆汽车停在了我和她的中间。它没有熄火，没准备给我留什么时间，就如同一个急着要人命的黑无常。

"傻子，太晚了。"

在那个秋初的夜晚，关于青春的故事终于翻过了最后一页，到了永远等不到下一个黎明的深夜。

这便是 R 和 ock 的故事，一个戛然而止的故事。

十四

"大学那会你说了无数个答案，我早忘了。"欧阳海起身拍了拍身上的灰，嘶哑地说道，"架也打完了，这下圆满了，该走了吧？"

"嗯，去看看是谁胆大包天地敢娶我们的榕荣。"

榕荣给的地址是一家五星级酒店，我和欧阳海进去的时候被人用怀疑的目光看了很久。我掏出皱巴巴的请帖，却发现无论如何也无法磨平上面的褶皱，最后便索性又塞回了兜里。

我跟欧阳海坐在了一个角落里，看着前头的舞台上似乎是请了什么乐队，各种乐器都摆在了那里。因为来得晚了，可能新娘新郎敬酒的环节已经过了，我始终都没有看到榕荣，于是便开了一瓶酒，闷头喝了起来。

《青春》

"喂，你们两个来得好晚。"

我浑身一震，记忆中最后那句"傻子，太晚了"又浮现了出来。我手中的酒几乎被洒了个干净，我看见榕荣正挽着一个陌生男人的胳膊走到了和我隔着一个桌子的位置和几个人敬酒。五年未见她几乎还是那时的模样，穿上婚纱的她更是美得令人窒息。我自始至终都没有想过她会在某天穿上与我无关的婚纱。

"刚才李叔叔来了，必须要去接待一下啊。"

"接待这么久？不会是新郎心急了，偷偷带你去亲热了吧？"

"喂，怎么会啦！"

我想起了那个和榕荣最后一别的夜晚，想起了昏黄的路灯，想起了那辆如同黑无常的汽车。

我把仅剩的一点酒一饮而尽。

"海子，我去趟厕所。"

我低着头很快就拐进了不远处的厕所里，但在这短短的十来秒，却懦弱得如此漫长。

我听人说，遇到真爱的概率只有万分之一，所以绝大多数人都会在婚礼时躲到厕所里哭泣，而唯一的不同便是，有的人是在自己的婚礼上，有的人是他人的婚礼上。我想眼前的楚魏便属于后者。

"呦，你也来了啊，要不要商议一下扎轮胎的事？"

"你把眼泪擦了再说吧。"

我鼻子一酸，顿时感觉眼前也变得模糊了，模糊的楚魏，模糊的马桶盖子以及清晰无比的记忆。

"你也半斤八两……"

"那些乐器是他们请的乐队的？"

"嗯。"

"我想再演出一次。"

"我早就想到了，已经跟那几个哥们打过招呼了。"

我和楚魏一块出了厕所，径直来到前头的舞台上，半路又把海子拉了过来。我们站在那儿，面对着人群看不见榕荣。

熟悉的吉他声从我指间流出，通过音响淹没了大厅，鼓声伴着贝斯显得有些苍凉。我们一句话也不说，也不理睬台下小声的嘀咕，只是弹着和歌声走散了的前奏，一遍又一遍，就像当初在时代广场那样。

直到看见泪流满面的榕荣松开了不知所措的新郎的胳膊，不顾婚纱的端庄，直接跳上了舞台。我看到五年前闪烁的世界依旧闪烁。

"还记得歌词吗？"

"怎么会忘记呢，傻子。"

榕荣低头握紧了话筒——

当 蜡烛没了火的欲

定会安静地睡着

睡着而不停息地思索

青春是什么？

当 蜡烛着了火的烈

定会亢奋地燃着

燃着而激动地询问

青春是什么？

在黑暗中被吸引的飞蛾定会回答

是热烈而卑微的拥抱

但黑暗不许拥抱

……

十五

　　谢过礼貌性的掌声，我们三个下台回到了角落里，榕荣则很快就被伴娘接走补妆去了。而不一会儿，那个乐队便登了台，演唱起了熟悉和陌生的歌曲。

　　我们三个人离开了大厅。

外面的大雪依旧在沉默中下着，天空映衬着墨红，悲哀得如同我兜里皱巴巴的请帖。

我们有一句没一句的聊着天，那时已是深夜，街上没了人，空旷的城市挤满了孤独。

"你看，那人好像一只狗。"

在勾肩搭背的旅途上，我模模糊糊听到有人这样说道。

"刚才你听见了吗？"

"嗯。"

没人知道那句"你看，那人好像一只狗"是谁说的，说的是谁，可能是我，也可能是楚魏，或者是海子。但没人在乎这个，我们横在冰冷的 A 市的马路上，高声唱歌，一同走向下雪的远处。

这场青春苟延残喘了这么多年，终于在今夜被我们补了最后一刀。我眯着眼睛看到远处的路灯那昏黄的光芒延伸到了最深的黑暗里，一切都显得很安详，只是城市阴冷，过于适合当青春的陪葬品。

爱 否

一

"江成，我走了。"

"行李都拿好了吧？"

"嗯。"

"我想最后问你一个很蠢的问题。"

"嗯？"

"你喜欢我吗？我是指现在。"

"不要问了。"

"但总要有个原因吧？"

"我是为了你好，江成，有一天你会明白的。"

张小希拿着行李站在门口，眼神一直低着。她最后并没有看我，也没有回答我，而是就那样转身走了，走进了寒秋里，只给我留下了一个残缺而又仁慈的句号。

张小希在最后一刻还是不忍伤害我，但我和她之间的感情已是一个句号，最终这个残缺的句号还是要由我的"不爱"去补成一个完美凄惨的圆。

二

我叫江成，大四了，专业是游戏设计，兼职送快递，有严重的强迫症。

以前我每次出门前总会在门口呆站五分钟去回想自己忘带了什么，我强迫自己去想起那个不存在的忘带的东西到底在哪儿，直至最后不甘地关上门离开。但往往，每次出去没多久，又会担心门没有锁好，然后再次不甘地返回，直到看到锁得严实的门才会放心地离开。可笑的是，我从未真的忘带什么东西，我的记忆力很好，习惯也很好，门也从来没有被忘关过。

可能正是因为这个，我的前女友才会把我甩了。

大四这一年临近毕业，但因为强迫症的困扰，我兼职的业绩并不好，工资也正好够每月的花销，但幸好房子是父母留下的。我的朋友们建议我去看心理医生，但即使我听了250块钱一个小时的絮絮叨叨，吃了250块钱一个疗程的药，也不见好转，可我依旧会每个月花费掉这 500 块钱，这不仅是因为他们的建议，还因为我有强迫症，花这份钱起码可以买个一时的心理安慰。为了维持每月 500 块钱的额外花销，我想把房子的一个空卧室以每月 500 块钱的价格租出去。

空出的这间卧室是背阳的，透过窗户只可以看见一个荒凉的广场。这广场是 20 世纪修建的，大部分是瓷砖铺的，小部分裸露的地方则长着异常茂盛的野草，那没什么休闲设施，几个石凳子也沾满了鸟屎，再加上去年有蛇咬了小孩，基本没人愿意去。

所以这间卧室就是要阳光没阳光，要风景没风景，还阴阴暗暗的。因而这几天来租房的看后都摇摇脑袋走了，尤其是拉开窗帘看到楼下的破广场后。

我原以为这间空卧室要再降一次价才有可能租出去，但我的室友就在这个时候出现了，她选择看房的时间段有些奇特，是在晚上。

"我是来看房的。"

室友长得很漂亮，只是皮肤显得有些苍白，但一头乌黑的长发却把这苍白的皮肤衬出了几分柔嫩。她长得标致，能让妄想找到瑕疵的人感到沮丧。女孩带着行李，好像是想直接住进来。

"你好，你要看的房间在这边。"

"嗯。"

"有床有家具，可以直接住进来。我看见你带的行李了。"

"隔音效果怎么样？"

"很好啊，而且我在隔壁也不会发出多大的声。"

"我是说会不会在白天听见外面的声音，人群的声音。"

"啊，这个应该不会，如果把窗户关好的话。"我奇怪地看了眼女孩，她在房间里踱着步子，四处随意地打量着卧室。我有些不太明白她为什么会问这个。

"你是夜行动物？"我忍不住地问。

"算是吧。"女孩走到了窗户旁说道。

我的神经突然绷紧了，生怕她会拉开窗帘嫌弃楼下荒凉的广场，因为今天月色很好。可女孩还是拉开了窗帘，但她却说："不错。"

女孩说的话有些莫名其妙，让我一时接不上茬。

"那个……我叫江成，你呢？"

"郑芷菲。"

"那……你就住下了？"

"嗯。"郑芷菲点了点头，然后在包里翻了半天，掏出了一沓钱，"这是三千，我住半年。"

"你是大学生？"

"对，大四了。"

没想到这一切如此顺利，郑芷菲把行李放进了房间就直接关上了门。以后就要同住一个屋檐下了，可这美女一看就是高贵冷艳类型的。我暗自琢磨着，然后揣着钱走向了自己的卧室。

话说……门关好了吗？

三

郑芷菲平日就在自己的房间里，不怎么出来，除非是洗澡，或是去冰箱拿自己买的食物。为了设计游戏，我经常熬夜，后来我发现郑芷菲总会在深夜外出买日常用品什么的。她会做饭，于是我就把厨房也借她了，但她从未邀请我共进晚餐。

过了几天，有个男人来找过郑芷菲，他在郑芷菲的房间里待了两个小时，然后才离开。房间的隔音效果的确不错，但我还是听到了模模糊糊的交谈声。这个男人长得很斯文，也很干净，戴着黑框眼镜。

后来我才发现那个男人总会在周五下午来找郑芷菲。我从未问过郑芷菲他是谁，和她是什么关系。

我有些想不明白郑芷菲这只夜行动物的奇怪行为，有时候感觉她可能是被流放的吸血鬼少女。郑芷菲还有一个特点就是喜欢观察客厅里的每一个角落，那天晚上我在客厅看电视，一回头突然发现她已经盯了我好久。

"你……你没事吧？"

当时郑芷菲一句话也没说，只是默默地看了我一眼，然后就转身回到了自己的卧室里，"咔"的一声把门反锁了。

但实际上，我和郑芷菲在生活上没什么交集，有时一整天都不会见上一面。每逢夜晚，我都会忙于游戏设计，沉溺于那个虚拟复杂的世界。而郑芷菲就会外出，或是看电视。在我的电脑里装满了那个游戏世界的砖砖瓦瓦，我相信总有一天我会凭借它们盖成一座参天的大厦。

但这个大厦却在某天夜里差点坍塌了。

这天晚上 7 点，我和一个外国资深游戏设计人 J.D. 约好了在网上交流经验，这只老鸟经常游荡在国外知名游戏设计论坛，每次都会语不惊人死不休地让各大论坛来上一场地震。而上个星期我被他私信了，说——

Can we talk about your ideas?

但那天 6 点半我回到家后，却发现门缝插着一张水电费的欠条。我进家没多久便发现家里停电了，可离着最近的一家网吧打车也要半个多小时。郑芷菲一直在家，我很清楚这一点。

我来不及去指责这个小气的女人，而是憋着一肚子火夺门而出，高速度的奔跑让我感觉到心脏像是一个破旧的泵，随时都会在狂风中被撕碎。但这时，该死的强迫症又来了——

门关了吗？

窗户关了吗？

这些疑问句在心中不断地被叩问，像一声声急促的钟鸣，想把我打回原形，最后渐渐地疑问句又变成了设问句——

门关了？

窗户关了？

我最终还是停了下来，喘息了几口气就又狂奔而回。门依旧是关的，而我开了门去检查窗户时，郑芷菲恰好从房间里出来了。那一刻，我积攒了一路的怒气终于爆发了出来——

"郑芷菲！今天收水电费的来了，你为什么不开门？！"

郑芷菲好像被我吓了一跳，她回头看了我一眼，然后又收回了眼神，低着头返回了自己的卧室。

"我为什么要开门？"

咔——门又被反锁了。

客厅里安静得像是被灌满了死水，我盯着眼前冷漠的门，最终还是咬牙再次夺门而出。那天我最终在 7 点一刻来到了网吧，J.D. 虽然表示理解，但言语上还是有些不开心。不过最后他还是和我讨论了很久的设计思路，这个欧洲人在游戏设计上的见解和我不谋而合。

网吧里充斥着"大锤你收盾怎么不说一声啊"的叫喊，

而我则兴奋地向 J.D. 描述着我心里构思的那座大厦。

此事之后我和郑芷菲的关系降到了冰点，或者说，我们的关系就一直是冰点。这个女孩从一开始就像一个谜团，只是我不知道，或者说没有一个契机去知道。我其实一直有点担心她会突然跟我说要退房走人，因为那三千块钱我不仅用于了每周一次的强迫症治疗，也用它买了不少游戏设计的经典书籍。

四

"她最后退房了吗？"

"没，她一直住着。"

"抽个时间跟人家道个歉吧，或许当时人家外出了。"

"不可能，这妞就是个夜行动物，没见她白天出去过，说不准就是个吸血鬼。"

"那你更得给她道歉了。"

林柳柳把报告给合上，然后抬起了头。我对于她的这个建议不太认同，郑芷菲就是一块冰山，靠近就会被冻伤。

"林医生，你说我的强迫症怎么样了？"

"强迫症其实是个很有趣的心理疾病。"

"有趣？"

"强迫症的任何一个行为或是想法可能都是违背本心

的，有时候连强迫症患者自身都分不清自己做的事是否是因为强迫症所致，但从根本上来说，这都是一种潜意识的自我保护。"

"听不懂。"

"打个比方，你喜欢你室友吗？"

"不喜欢！"

"可能不喜欢这个想法就是一种你的自我强迫。"

"难道我喜欢她？"

"或许你的这个想法也可能是自我强迫所致。"

我无力地笑了笑，目光很不自然地瞥到了一边。

诊所的花玻璃是很有讲究的图案，看上去没什么规则，但盯上一会儿又会产生一种莫名的美感。外面的夕阳被这层玻璃渲染得变了形，七零八落地射在不同的角落上，从里往外看，外面还真是五颜六色的世界。

"这玻璃能让人放松，为患者准备的。"

"看出来了。"我收回了目光，却依旧对林柳柳刚才的说辞不以为然。

"那我走了。"

"嗯好，记得按时吃药。"

那天从心理诊所出来，我一时竟觉得没了花玻璃这世界真有些失色。

这时，我手机突然响了。

"你好，请问你是？"

"您好，我是 xx 快递的，我在你家楼下，请麻烦来取一下东西。"

"快递？北京那边的？"

"我看一眼……嗯，对。您赶紧来取吧，不然就要等到明天了。"

"好！"

我赶紧拦了辆出租车，但没一会儿，手机又响了。

"您怎么还没下来？是不是在外面？要不东西我明天再给您吧。"

"别，让别人帮我代取可以吗？"

"行，快点吧。"

我连忙挂了电话，但在准备打给郑芷菲的时候我才突然意识到，自己和她前不久有了过节。可这个快递无比重要。那天和 J.D. 讨论之后，我又整理了一下设计思路，然后便把它投给了一个大型游戏设计比赛。所以说这个快递很有可能就是复赛通知书。

可现在跑回家是绝对不可能了，手机屏幕在我眼前一暗，像一个濒临绝望的眼神。但在屏幕彻底暗下来的前一刻，我还是抱着侥幸按下了拨号键。

"喂？"

"能到小区门口帮我取个快递吗？"

"不能。"

"真的很重要……不能拖，拖到明天的话我就……"

郑芷菲把我的电话给挂了，耳边连续的忙音让我有些不知所措。或许今天就是报道的最后一天，对于那些游戏企业的大佬来说，无论你多么优秀，都逾期不候。北风在窗外呼啦啦地嘲笑着我的滑稽，我暗自骂了声，然后狠命关上了窗户。

那天，我赶紧回到了家，进门后发现郑芷菲正缩在沙发上，而茶几上正是我期待已久的快递。

"谢谢，谢谢，非常感谢，真的……"

我快步走上跟前拿起快递，然后拆开，掏出了里面的东西——果然是通知书，上面的网上报到截止日期正是今天。

郑芷菲一直没有说话，过了会儿，她起身回了卧室，留下很重的关门声。我的动作僵在了茶几旁，仿佛是她关门的瞬间客厅里灌满了寒气。客厅里满是尴尬的寂静。

我捏着被弄皱一角的通知书，想努力把它抹平，但是褶皱仿佛原本就是生长在上面的一样。我一边想怎么样才能让通知书变回完好无损的样子，一边费力地想该怎么去道歉。

手心因为反复摩擦而渗出汗珠，我站在门外，小心翼翼地说：
"天气预报说明天有雨，要是你出门的话卫生间里有雨伞。"

"我有人群恐惧症，很少一个人在外面走动。"郑芷
菲的声音隔着一扇门，听上去有些疲惫和遥远，听得我心
脏一颤。

"你……没事吧？"

"没。"

这次声音拉近了些，我想她就在门后。

"上次没有给收水电费的人开门也是因为这个原因吧？"

"嗯，当时正好犯病了。"

"对不起……"

"我害怕人群，害怕和别人交往，害怕过多的交流，害
怕被人盯着……所以我爱这间卧室，它的背后是没有人的地
方，也看不见阳光。也不知怎么的，好像只有黑暗才能给我
安全感。"

"怪不得总不见你出去。什么时候开始的？"

"大三下学期。"

"因为什么？"

"……"

"抱歉，其实我也……"

"我知道你有强迫症，而且很严重，每天我都能听到你

返回的脚步声，而且我也看到了垃圾桶里的药盒。"

我一时不知道该怎么搭这个话，于是就一直这么沉默着。

"你早点休息吧。"

"嗯，晚安。"

那天晚上我居然忘了去检查门窗是否关好。

那次谈话后我和郑芷菲的关系缓和了不少，后来我们偶尔也会隔门夜谈，我们谈论的话题范围很广，电影、社会、书籍等等。有时候也会涉及病情，但我和她每次都很巧妙地回避了原因。

这一周入秋了，城市开始变得静默，黑夜可以把持更久的天空，但郑芷菲依旧安静而冷漠。我明白这女孩的心中其实是有阳光的，只是被厚厚的黑暗裹住了而已，只有你刺透了这层黑暗，才能感受到她的温暖。

大四的休闲时光让我有足够多的时间去做兼职和游戏设计，其实这个世界就是一个游戏剧本，而我和郑芷菲的相遇则是最有趣的副本，一个强迫症患者和一个人群恐惧症患者之间有着太多不确定的因素，我和她的心里各有两头模样不同的野兽，我们把它们驯养在黑暗之中。所以说，上天真是个高明的设计家。

我的强迫症依旧困扰着我，我每天都会返回去看下门窗是否关好，钥匙和钱包是否在身上。

五

某一天，我出门后没多久便又犯病了，心中的野兽不安地嘶吼着让我回去，脑海中的疑问句又逐渐变成了设问句。我停下脚步时感觉整个世界都在旋转，让我一时分不清对的方向。最后，我在不甘中狂奔而返，和往常一样，我再次受到了路人们异样目光的洗礼。

街道在倒退，视线在左摇右晃，心脏再次成了快要报废的旧泵，死死地堵在我的胸腔里，不安地跳动着。

我最终奔回了小区，一路气喘吁吁地跑向楼下，而这时，我突然发现旧广场那边有不小的动静，在那个荒芜的地方，除非又是蛇咬到熊孩子了，不然绝不会如此。

我好奇地停了下来，走过去望了一眼。这一眼穿越了一道人墙，正巧落到了正蹲在一个石椅旁的郑芷菲颤动的身上，她旁边地上躺着一个昏迷的孩子。

"怎么了？你没事吧？"我拨开人群冲上前去，问她。

郑芷菲抬起了头，眼中含着欲要落下的眼泪，一声不吭地望着我。四周有人忙着打 120，有人在胡言乱语，有人守在小孩的身边。此时的郑芷菲在我的眼中不再是一个人群恐惧症患者，而是一个单纯的女孩，感到恐惧会害怕，遇到挫折会哭泣。

后来那个躺在地上的孩子醒了，人们才得知了情况。原来这熊孩子一时贪玩来到了旧广场，却又被一条蛇给吓晕了，楼上的郑芷菲看见了便连忙赶了过来。但等众人围上来后，郑芷菲却犯病了，最后她便被困在了人群里。

那天回到家，我送她回到了卧室。郑芷菲的房间里依旧被遮得很严实，在黑暗中郑芷菲突然说道："别走。"

"别走"，这两个字郑芷菲在隔门夜谈的时候也会说出来，但往往是因为和我争辩什么事情，可现在却说得如此轻飘，仿佛她吐出的是一根倔强羽毛，仿佛没有丝毫的力气，似乎是在引诱我，似乎是非要落在我的"好，我留下"上不可。

"好，我留下。"我轻轻地说道，然后摸索着开了灯。

"芷菲，不要再依恋孤独的黑暗了，你身上明明是阳光的味道。"

那天，我一直陪在郑芷菲的身边，看着她入睡。梦中的郑芷菲像一只可爱的猫，脸上不再是从前冷漠的表情，她的右手一直紧紧抓着我的衣角，时不时眉头一皱。我当然不会知道郑芷菲梦见了什么，但我想在她的梦里一定是没有人群的孤独。

或许是出于对我的感激，自那以后，每天早上等我出去了，郑芷菲都会给我发个短信——门是关着的。

奇怪的是我对于郑芷菲的短信出奇信任。郑芷菲能记住房间里的每个东西的位置，包括我卧室，这可能是因为人群恐惧症的缘故让她的注意力不得不缩小在 90 平方米的房子里。

我不相信自己，所以强迫自己去无数次检查和寻找忘带的东西，但我却相信郑芷菲，因为她的世界小而紧密，她说门是关的那必然是关的，她说我的耳机在电脑桌上那必然就在。我对郑芷菲的感情似乎正在黑暗中逐渐成长，但我不知道它是什么样子，也不确定它会结出什么果子，只是感觉心口麻麻的，像是被打进了什么药剂。

后来我也会时常替她买些生活用品，有时候我提前回来，她就会邀请我一块吃饭。

"你为什么总会观察家里的每一个角落啊，我感觉你比我还要清楚这里。"

"因为我要久住这里，所以只有记住这里的一切才会有安全感。"

"你就这么害怕人群吗？"

"人是孤独的，人群是孤独的集合。"

说这句话的时候，郑芷菲正在小心翼翼地吃着一块土豆，紧接着客厅便陷入了冷冷的尴尬之中。

"其实我对于人群的恐惧只是出于交流。"

"那你为什么能和我交流？"

郑芷菲没有回答，只是小声嘀咕着骂了我句"白痴"。

<h1 style="text-align:center">六</h1>

这以后，日子过得格外平缓。和郑芷菲在一块我总会觉得自己才算是一个正常人，没有强迫症，可以自如地生活。但当"忘带东西，忘锁门"这根刺被郑芷菲的来到而慢慢被挤出时，那个男人却逐渐变成了我心上的另一根刺，我突然有点害怕那个男人会打破这种平缓的日子。他可能是她的男友，也可能是她别的什么人。

他在郑芷菲的房间里待的时间更长了，而且周三也会来。

我和郑芷菲同住一个屋檐下也有两个月了，但我从未问过关于那个男人的问题，即使我无比地想知道，但每次话到嘴边又会被我吞进胃里。或许是强迫症所致。

游戏设计大赛的各赛区淘汰赛马上就要开始了，我日夜奋斗在电脑跟前，偶尔和J.D.讨论参赛剧本和设定，在J.D.的帮助下我对于游戏的全局掌控能力越来越好，这让我对游戏理念的转换也越来越大胆，我经常熬夜，郑芷菲有时候会给我带点夜宵，有时也会亲自做点，我对此有些受宠若惊。

很快，当秋风扫大地，路边的梧桐叶开始泛黄时，赛区淘汰赛终于开始了。郑芷菲一直强调说她也想去看看，但我总担心她的人群恐惧症，虽然现场赛观众比较少。

"你在我附近的时候我并不会害怕人群。"

直到郑芷菲说出这句让我面红耳赤的话后我才勉强同意了。

比赛当天，我在后台看到了不少全国知名的游戏设计家，他们就坐在舞台下，等待着选手的入场。我在后台松了松领带，感觉自己一定出了不少的汗，这不仅是因为紧张，还因为期待。

"谢谢这位选手对自己游戏设计的精彩阐述，接下来有请下一位选手江成！"

我深吸了一口气，然后走出了幕布。舞台上的灯光效果很好，把我照得一览无余，我紧攥手里的 U 盘，像一个将军一样走向了舞台。

"我的这款游戏设计思路是在传统游戏的基础上进行了一种改革，把过去传统的游戏属性做了如下的更改……"

我自如地介绍着自己的理念和自己设计出的一款游戏，我能察觉到所有人的目光都被大屏幕上的内容吸引住了，我能感受到自己心中的那幢大厦即将竣工了。

"最后我……"

随着 15 分钟的讲说接近结束，我的最后的核心结束语却被卡在了喉咙处。我犯病了，突如其来的强迫症开始控制我的身心，我开始强烈地怀疑自己刚才的演说，我突然产生一种想重新解释什么的念头，虽然我明白重复的说辞会让我惨死于比赛中。台下有些安静，过了会儿便响起礼貌性的掌声。舞台上的灯光依然保持着当初的瓦数，投影仪在播放完我的最后一点自制的动画也熄了，那一块丑丑的白色如同狗皮膏药一般。

　　我感觉自己的身子由外至内的冷了起来，仿佛有无数根冰封了很久的钢针刺穿了我的身体，定在了骨髓里，否定了我之前所说的一切。我突然觉得此刻沉默的我就如同当初躲在石椅阴影里的郑芷菲，渴望能有什么来拯救我。

　　"喂！"

　　一声不大不小的喊声在安静的观众席里传出，我抬头看见郑芷菲站了起来，她脸色煞白，似乎是在极力克服着什么。那天郑芷菲穿着一件白色的连衣裙，身上披着我给她的外套，如同一点绝美的阳光，在黑暗中绽放了。

　　"你……你刚才……解说非常精彩。"郑芷菲小脸煞白，似乎快要哭出来了一样，"请……继续说下去！"

　　郑芷菲缓缓坐了下来，我看到她苍白的脸远远地低着。她缩在座位上，抬头又给了我一个微笑。这是怎样的一个微笑，我感觉就算沦落到无尽黑暗中，这缕微笑也不会让我失去力量。

"最后，我认为游戏的本质在于让人们从娱乐中锻炼脑力，而我的游戏设计理念便是在此基础上让人们得到自信，不沉迷，而是从中寻求属于生活的影子。"

这次鼓掌的不再只是观众，还有评委。

在走出大厅的时候，我转身紧紧地把郑芷菲抱在了怀里。怀里的女孩还是当初阳光的味道，让人迷恋。

"那个男人是谁？"在回家的路上，这个问题终于被我问了出来。

"心理医生。"

"哦。"

"干吗问这个啊？"

我突然笑了，突然不再关心刚才的比赛结果，而是感觉到有一种新的心情在风中成长了起来。它很快就开花结果了，让人能清晰地嗅到它温暖的香味。

我看见一旁的郑芷菲也低着头"扑哧——"一声笑出声来。

我和郑芷菲牵着对方的手，心照不宣地走在回家的路上。

"你的 U 盘已经拔下来了，就在你的兜里。"

"嗯，知道。"

我没有去找过心理医生，因为强迫症好了许多，只要有郑芷菲在我就能自如地生活。

我曾问过郑芷菲，你到底害怕人群的什么？

"人是孤独的，人群是孤独的集合。"郑芷菲还是这样说道。

我还是感受到了怀中人的孤独，这种孤独是无论我抱她多紧都去不掉的，它无法导出，似乎是和灵魂糅杂在了一起。可我还是把郑芷菲紧紧地抱在了怀里，用紧促的呼吸告诉她我是多么希望自己可以和她融为一体，然后把那该死的孤独从她的灵魂中挤出去。

七

一个月后，我居然再次晋级了，下一轮的总决赛不再是在本城市展开，而是在北京。如果这次在总决赛能获得名次，就有可能直接被大型游戏公司签下。

三个月后我辞去了工作，开始加紧游戏设计的工作，有时候会整整一天去思考某个副本的剧情。随着总决赛日子的逐渐靠近，我越发地不安和易怒，常把自己缩在房间里，砸除了电脑以外的任何东西。郑芷菲起先会在门外喊我出来，安慰我，后来就不作声了，只是静静地等我出来，然后把我抱在怀里。那时她看我的眼神有些怯怯的，可我不知道自己的眼神是什么样的，大概是谁也看不懂的浑浊。

"你到底怎么了？"

"我没事，只是压力太大了。"

"一切都会好起来的，对吗？"

"对。"

比赛的盛况越来越超出我的想象，连 J.D. 也在网络上问我准备的怎么样了，这一次的游戏盛会不仅聚集了各个游戏界的元老，也吸引了一大批专业玩家来进行现场评估。在如此大的压力下，我需要投入的时间也越来越多，考虑的问题也越来越多。我睡得很少，每次做梦也总是一幢大厦的模样。而强迫症偶尔也会卷土重来，这让我对于郑芷菲短信的需求有点像个瘾君子。

那天我去买参考书，走到半路时突然发现郑芷菲没有给我发来短信。我下意识地去掏手机，却发现兜里面是空的。而心中的那头野兽似乎也意识到了这一点，它猛发起了狂，仿佛是憋了许久的野性终于找到了发泄的借口。

我一路狂奔而回，打开门后发现郑芷菲正坐在沙发上看着一本书，她见我来了，便一脸困惑地抬起了头。我动了动喉咙，在脑海中搜刮着恰当的开场白。

但郑芷菲已经意识到问题的所在，她把茶几上的手机递了过来。

“我发了短信后，才发现你忘了带手机。”

我接过手机，打开收信箱，发现一条新短信正安详地躺在那。我终于放松了下来，可等我再次抬起头时，却发现郑芷菲的眼神变得有些古怪，不再是之前的困惑，而是些新的东西。

“我的短信对于你来说很重要，是吗？”

“对啊。亲爱的，我有强迫症，只有收到你的短信我才能安心啊，因为你能记住这间房子里的一切东西。”

“假如我没记住呢，为什么这么相信我？”

“因为我爱你。”

“因为我有人群恐惧症吧？”

我愣住了，一时竟没有很快地去否认，而是想起了心理医生林柳柳说过的话。但家里没有花玻璃，我无法转移自己的眼神，我只能气喘吁吁地站在那，像一个犯了错事的孩子。

“我的心理医生跟我说了许多事情。”

“他说了什么？”

“他说我的人群恐惧症并没有好转。”

“怎么可能？芷菲你想想……”

但郑芷菲并没有听，她合上了书，离开了沙发，离开了客厅，离开了我，去了自己的卧室，然后像很久以前那样，“咔——”的一声把门反锁了。我曾询问过林柳柳，郑芷菲的这个细节代表着什么。她说，这表示一种自我保护，是缺乏安全感的表现。

八

第二天正好是周五，当那个男人从郑芷菲房间里出来时，我突然觉得自己很有必要和他谈谈。

"介意一起喝个咖啡吗？"

男人笑得有些莫名，然后他点了点头。

随后我们便一同来到了小区附近的一家咖啡店。

"你当她的心理医生多久了？"

"很久。"男人用铁汤匙把手边的咖啡搅得浑浊不堪，他自始至终都没加糖，似乎是执意要把咖啡搅冷，"我是她哥哥。"

男人的这句话让我把半勺糖撒在了外面。我把糖用纸擦到了地上，然后抬起头，说："那你一定知道郑芷菲的病因。"

"我是她同父异母的哥哥，父亲很小就抛弃了她们母女，在父亲离开前的那天晚上，她和父亲顶了嘴，后来她一直认为是因为自己当时和父亲没有好好交流才导致父亲离开了她们母女，自那以后她就不怎么会和别人交流了，似乎生怕自己会得罪别人，但那时候的病况并不是很严重，在别人眼里顶多就认为她很孤僻。"

"但为什么现在会这么严重？"

"大三那年，她妈妈去世了，死于车祸。当时母女两个人因为争吵而在街上分开，后来阿姨担心郑芷菲的人群恐惧症又返回来四处找她，那时郑芷菲的确犯病了，阿姨冲她跑过去的时候闯了红灯，结果被车撞了。阿姨死在了郑芷菲的面前。自那以后芷菲的人群恐惧症彻底加重了，甚至有病入膏肓的程度。我从小就知道自己有个妹妹，为了她我学了医。"

"所以……"

"所以那天你去人群里救了她后，她喜欢上了你，但在她妈妈死的那天，没人救她。"

咖啡馆里的人并不多，中央的钢琴师正在弹一首很缓的曲子，温馨的咖啡味混杂在有些冰冷的空气中。

我和男人都一时安静了下来。

"既然她父亲很小就抛弃了芷菲，你怎么还是她哥哥？"

"我是父亲的私生子，父亲离开芷菲的真正原因是他知道自己早年风流后有了一个儿子。"男人终于停止了搅拌，他的咖啡飘出的最后一两丝虚弱可怜的热气，在婉转中不见了，"我知道你有严重的强迫症。"

"我的强迫症已经快要好了。"我把最后一粒糖擦掉之后，反驳道。

"快要……好了？"男人笑了，笑得那么地不置可否。

"是的，我很少关心过门是否关好了，是不是有什么东西忘带了，你看到的只是表象，我的特征病况已经都好了。只是……最近比赛的压力太大，我会偶尔犯病。"

"那是因为郑芷菲的缘故而已。"

"那又怎么了？"

"如果说你对郑芷菲的喜欢就是一种强迫症呢？你有没有发现你对郑芷菲的喜欢更多是因为她能告诉你各种东西在哪？她有人群恐惧症，可以阻挡你的强迫症。江成，你有没有发现，郑芷菲只有在你身边才会不恐惧人群？"男人不断地抛出问题，却又不指望我能回答。他顿了顿，又说，"可那是因为你救过她，给了她安全感，但假如这份安全感消失了呢？她就会还是那个害怕人群的女孩。"

"闭嘴！我和芷菲的病都快好了！"

"芷菲跟我说过许多关于你的事情，但有一点我很好奇，你的强迫症到底是怎么来的？"

"这个你没有必要知道。"

男人停止了搅拌，他不再说话，只是低着头玩弄着自己的铁汤匙，然后一口喝掉了那一大杯苦得要命的黑咖啡。

在去北京参赛的前三天，郑芷菲也开始整日待在自己的房间里，任由我在隔壁打砸东西。我们开始沉默，沉默是最可怕的野兽。

郑芷菲依旧会在我每次出门购物时给我发短信——

门是关的。

钥匙带了。

耳机折了，《偷影子的人》我已经放在了书架上。

冰箱门也是关的。

在去北京的那天郑芷菲一直待在房间里，我犹豫了许久还是买了许多东西留在了家里，虽然她的症状已经好转了许多。

在火车上我一直望着窗外，看景色飞快流逝，其中模模糊糊夹杂着脑海中闪现的影子，我抓不住，很担心，心头有被刺扎进去的痛感。是的，我发现久违的强迫症又从身体的四处袭了过来，它们似乎一直准备伺机而动。这突然的犯病让我忐忑不安，紧张无比，这一刻我无比地希望郑芷菲能发来她的短信，告诉我门是关的，《偷影子的人》被放在了书架上，耳机折了，冰箱的门也是关的。可什么也没有，我在喧闹的车厢内感受到了死一样的静。

我忍不住给郑芷菲发了一条短信——

"前段时间是我不好，快要到北京了，你还好吗？我这周末的 6 点就能到家了。"

发完后，我一直捏着手机，希望能从死寂的车厢里听到些活的声音。我痛苦地等待着，身子不由得开始微颤起来，可眼前的景色依旧在飞快地飞逝着。

郑芷菲终于发来了我要的短信——

门是关的。

钥匙带了。

《偷影子的人》我已经放在了书架上。

冰箱门也是关的。

纸条在茶几上。

九

我终于来到了北京，来到了这座夜晚很冷的城市。在熬过一个孤独的夜晚后，现场赛终于开始了。而一切都很顺利，我再次顺利晋级，然后当场被签下成为游戏设计团队的一名成员。

三天后我回到了家。

家里很静，静得没有任何的声音，所有的门都是关的，所有的东西都摆在郑芷菲说的地方，包括那张纸条——

江成，其实你的强迫症并没有好转，而是加重了、转移了。因为你相信我可以清楚地知道房间里任何一个东西摆放的位置，所以你强迫自己喜欢上了我，强迫自己对我好。我从你的眼神里看到了一只被困在铁笼里的野兽。

我们之间始终是一种相对关系，我们是选择了对方为参照物，以为各自的病已经好转，可到最后你依旧是一个强迫症患者，我也还是害怕着人群。

哥哥或许说的没错，江成，我们只是两个病态世界的交点。这是否因为爱情？这是否就是一种病？

我在旧广场。

房间里依旧很安静，一切都在最初的地方。看完纸条后，我感觉有一场大雨倾盆而下，它无情地冲去了残留在我心口上的一些东西。

那天，我先是把纸条撕碎从十层的高楼处抛出，然后静静地在窗口吹了会风。眼中的碎纸片们如同一群慌张的虫子四处逃窜，白瘦的身子也不停地在半空中打旋，落下。它们最终都落到了我看不见的远方和我看不见的地上。

出了门后，我像很早之前那样又返了回来，再三检查了门是否关好了，钥匙是否带了，钱包是否在口袋里。

然后我慢悠悠地从十楼走到了一楼，慢悠悠地走向了那个荒废的广场。我看到了郑芷菲正坐在那，她身边站着她同父异母的哥哥。他们看不见我，可我却能看见他们，虽然我们都在这片大楼的阴影里。

可能郑芷菲在等我过去，或许是想让我挽留，让我告诉她一切都是真的，这就是爱情；也或许只是想简简单单地最后一别。我不清楚她哥哥跟郑芷菲到底说了些什么，可能是关于病情或者是关于我。在上帝的这个剧本里，我和郑芷菲最终会以各奔东西来结尾。我不太敢想自己是否爱郑芷菲这个问题，因为无论怎么想都是心痛。

我始终都没有过去，那一刻我确定不是因为强迫症的再次转移，而是因为别的什么。郑芷菲终于在我眼中站了起来，然后就像当初紧靠我一样紧靠着她的哥哥，离开了石椅，离开了旧广场，离开了我。

因为一种相对关系，我和郑芷菲像两块吸铁石一样紧紧吸在了一块，这导致如今的分开也是那么决然，那么合理。人群恐惧症和强迫症的偶遇本来就是场美丽的谎言。我们彼此因为一种类似于爱情的东西走到了一块，生活蒙蔽了我们，最后也点醒了我们。我和郑芷菲可能就是彼此的安慰剂，上天帮了个忙，帮我们把彼此打进了对方的心里，如今药性过了，也就醒了。

我突然想起自己的前女友张小希，在去年那个寒冷的秋天，她是否明明爱我，却又不得不离开我呢？那个残缺的句号是否就是我一手画出来的？我一直捉摸不透一个女孩为什么明明爱一个人却又要离开他，而这一刻我突然懂了，女孩总会在安静的时候想许多事情，她们那神奇的第六感总能帮她们做出正确的选择。

当初我为了张小希，把自己的生活安排得一丝不苟，干净利落，只因为她说她爱有条理的男生和房间。直到后来的某一天，我把一丝不苟、干净利落的房间以 200 元的价格租给她。

但可悲的是，等她成为我女友的那天，我突然发现自己患上了强迫症，开始过于执着每一个物品的正确摆放位置。

我向远处望去，发现郑芷菲和她哥哥已经走远了，让我看不到背影和追上去的希望。我静静地走到了郑芷菲刚才一直站着的地方，看到了一片新鲜的纸片被风压在了石椅上，我不清楚它是迂回了多少次才有机会被我再次看到。

我先是看到了一个"爱"字，但风止后，它终于翻过了身子，让我又看到了一个"否"字。

爱否？

就这样，在第二个秋末冬初的北风中，我带着上天留给我的一个疑问，和郑芷菲各奔东西。

青春
那时候飞

Part 2

一场沦陷

天边的你飘泊
白云外
苦海
翻起爱恨
在世间
难逃避命运

第十三种爱情

一

2028 年，仲夏。

午后的阳光照进了客厅里，破旧的家具，一地的垃圾。张子森拿着刀，手心出了汗，这会已经入夏，他呼出的气息大部分被戴在头上的面具反到了脸上，又再次被自己吸了进去。

其实张子森觉得自己没必要还拿着刀，只是这样拿着，才会让他时刻记着自己是个绑匪，不至于心软，把眼前被绑在凳子上的女孩放走。女孩的嘴也被胶带粘住了，正呜呜地喊着什么，大概是"别杀我"之类的求饶。其实张子森和她一样紧张。

张子森撕开了女孩嘴上的胶带，她反而不叫了，哭了起来，浑身颤抖，像在做临刑前的悔悟。

"别哭了！"张子森掏出了女孩的手机，找到了一个号码。

"喂？"

"姜城，你的女人被我绑架了。"

"什么？"

"她在我手里，今晚 12 点之前拿着 200 万到指定的地方来！"

"谁被绑架了？"

"你女人，200 万……"

"嘟——嘟——"

张子森愣住了，这是他第一次绑票，却不想对方直接把电话挂了。听语气，这货喝多了，张子森下意识地看向女孩。

"他经常酗酒……"

张子森头皮发麻，发现自己犯了个很严重的错误，他对姜城所知甚少，自己把这个女孩绑架过来后就用胶带封住了她的嘴，也没询问姜城的为人。燥热的天气让张子森一阵烦躁，很想把面具摘了，透透气，但他不能。张子森只好给姜城发了个短信息：你的未婚妻在我手上，今晚 12 点之前拿 200 万过来赎人。

做完这些，张子森重新把女孩的嘴给封住。其实张子森有万全的打算，他买了好几张手机卡，他甚至想好了如果姜城报警，自己该如何应对，如果姜城来早了又该如何应对，但他没想到，姜城会在这个时间段喝酒，还把他电话挂了。作为一个绑匪，他显得如此被动。

夏日的夜晚来得很晚，期间张子森喂了女孩两次水，到了七八点的时候，女孩的眼泪大概是流光了，眼神淡然无光。张子森趴在窗户上看着情况，但姜城和警察都没有来，于是又打了几个电话，但都没人接。

时间不紧不慢地走着，仿佛唯一焦急的只有身为绑匪的张子森。

二

高档别墅区，夜。

姜城醒过来的时候，依旧是酗酒的状态，他脑子发麻，看了眼手机，才隐约记起些什么，紧接着大量信息涌入他的大脑，让他怀疑不过是一个梦而已，但短信不会骗他。姜城这才意识到问题的严重性，他下个月就要和王帆结婚了，婚礼就在香格里拉酒店举行，请帖都送光了，结果未婚妻被绑架了。他下意识要报警，但……这事肯定会被狗仔知道，自己这些年负面报道足够多了，还好绑匪要的也不多，两百万就两百万吧。

姜城拿起手机，打了过去。

"你才醒来？"

"王帆呢，她在哪？"

"易天园居小区，2栋702，拿着200万来，不然你们两个谁也别想活着回去！"

"钱，钱有的，保险柜里有现金，不知道够不够200万。"

"把保险柜里的钱全给老子拿过来！"

"等等，前天也是你打的电话？"

姜城突然觉得这声音有些耳熟，他想了起来，前几天他接了个莫名其妙的电话，直接便问他一些莫名其妙的话，什么"认不认识林朵""同她何时分手的"，姜城原以为是打错了的，此时一听，仿佛是同一个人，因为这种紧张的语气，太容易被记住。

"我在和你说钱的事！"

"你能不能先让我缓缓，这都快11点半了。"

"你还有半个小时，最好快点，迟一分钟我就宰了她！"

姜城听到了一些动静，紧接着传来"姜城，快来救我！"的哭喊声。王帆的求救声，让姜城心里一沉，现在更来不及报警了，如果早一点还有希望，但绑匪压准了时间就是12点，没收到钱就撕票。来不及多想，姜城连忙把保险柜里的钱全都装了进去，他又看了眼绑匪给的地址，离这儿不远，现在

11 点半，按道理是来得及的。

跑车咆哮着从高档别墅区冲了出去，消失在路灯的尽头。

开车的时候姜城心里一直在骂娘，体内遗留的酒精依旧让他精神有些恍惚，他有些搞不清楚王帆是怎么被绑架的。王帆是个白富美，父亲是国企董事，平时出门都有司机兼保镖陪同，难道是自己人作案？这实在有些牵强。那么王帆独处的时间只可能是在家的时候，但这是高档小区，连狗仔都没办法进来。

"啊！"

姜城猛地向左打了方向盘，一辆货车鸣笛而过，他这才发现自己已经快逆行了一路。

11 点 50 分。

张子森刚刚又被挂了电话，姜城说马上就到小区了。张子森觉得有些憋屈，这剧情完全和电影中的不一样，每一次都是姜城挂了他电话，醉醺醺的时候这般，清醒了也这般。

张子森焦急不安地来回踱步，手里的刀紧紧攥着，王帆又开始了呜咽，张子森狠狠瞪了她一眼，他此刻心里只有那一笔 200 万。张子森现在担心的还有一个事，那就是姜城能不能准时到达，这个是最重要的一点，只需要利用 12 点前的那一分钟，他就可以消失得无影无踪。张子森想到这，又在脑海中算计了一遍，然后得到了肯定的答案，整个计划是完美的，就差姜城按时送钱过来了。

11 点 59 分。

张子森终于听到了匆匆上楼的脚步声，这声音越来越大，终于，门把手在外头被转动了。

<h2 style="text-align:center">三</h2>

姜城打开了门，闯了进去，但里面一片黑暗。他一时吓得呆住，生怕立即有什么壮汉冲出来，用刀抵住他的脖子。姜城等了整整一分钟，回应他的依旧是黑暗，没听到"把钱丢过来"，或是"你没报警吧"，于是他摸索着开了灯。

客厅里一个人也没有，眼前的沙发显得有些旧，但收拾得也算得上整洁，茶几上的烟灰缸里插着几只烟头，地板很干净，电视附近是一些不起眼的装饰，窗户是半开的，外面下了雨。姜城这才突然反应过来，外面居然已经下雨了。

一声雷鸣吓了姜城一跳，他的左手始终抓着门把手，做着随时转身逃跑的打算，但客厅里太安静了，除了风声，便是雨声。姜城向前走了一步，左手带着把门给关上了。

客厅右边的门是掩着的，姜城小心翼翼地靠近，推门，开灯。卧室里也是空无一人，但这里明显是刚住过人的样子，床上的被子没叠，床头上的空调遥控器上显示着空调关闭之前是 26℃，一个台式电脑，液晶显示屏的灯还闪着，旁边是书架，上面摆着一些照片框。姜城有些搞不清楚情况了，难道是一场玩笑？还把房间装饰得这么土，现在哪还有人用液晶显示屏。

姜城走了过去，拿起了照片框，忽然间，他感觉在与深渊对视，背后冒出了一阵恶寒，体内不多的酒精瞬间被蒸发了，整个人无比清醒，这张照片比任何醒酒的玩意都管用，因为他看到了一张这辈子都不可能看见的诡异的照片。

照片上的人不是别人，正是他自己。

这怎么可能？但他不会看错。

只不过他并不认识照片中另外一个女人，他又看到了照片右下角的一行字——张子森与林朵拍摄于 2017 年 10 月。

林朵？姜城想起来了，那个绑匪曾在绑架王帆前给他打过电话，其中提到过林朵。姜城又看到书架上的日历，显示着十年前的 2018 年 7 月，其中 13、15、17、19、21、23 被画了红圈。

可今年明明是 2028 年。

夜已深了，姜城掏出手机想报警，手机却属于停机状态。姜城觉得很不对劲，神秘绑匪也好，奇怪的合影也好，还有突然的大雨。这要么是一场类似于《楚门的世界》的弥天大玩笑，要么就是自己真的精神错乱了，可无论哪种可能，都似乎无法解释清这一切。

凌晨，警局。

"喂喂喂，你们不认识我？"

"我们有必要一定认识你吗？"

姜城看着面面相觑的警察，样子有点气急败坏，实际上警察觉得姜城要么在故意深夜扰警，要么就患有深度妄想症。从他进来问今年是不是 2028 年开始，警察就不相信他接下来说的每一个字，什么自己的未婚妻被一个跟自己一模一样的人绑架了，什么自己是个著名的作家，下个月就要在香格里拉酒店举办婚礼。

"拜托，我滋事很多次，你们去查查我，我来过警局很多次的，你们是新人吧？"姜城心一横，准备把自己之前的丑事全抖出去。

"小王，满足他。"一个年纪稍大一些的警察说道。

姜城觉得这次他们总该相信自己的话了，然而过了会儿，叫小王的警察回来了，说的话却让姜城心一下子凉了。

"周队，他没有任何底案，倒是前段时间有人报了失踪人口，失踪的就是他，他也不叫什么姜城，而是叫张子森，是独生子。报案的是医院的护士，说他因为女友病重跑了，但过了两天他就回来了，这案子也就销了。"

"开什么玩笑，那个人不是我！"姜城跳了起来。

"你女友病重的事我们表示遗憾，但你也不能大半夜来扰警，想筹捐款也不能用这个办法吧？"大半夜报假警，周队心里真想把这人关几天，但又想到他病重的女友，觉得可能压力太大，精神出了问题，于是从钱包里抽出两百块钱，递了过去，"行了行了，一点小心意，拿着走吧。"

不可能，到底哪里出了问题？姜城倒是希望是自己真的精神错乱了，他一个趔趄，后退了几步，然后夺门而去。小王本想拦住，却被周队制止了。

"算了算了，让他走吧。"

姜城跑了出去，他惶恐地看着空无一人的街头，雨后的蝉鸣有些瘆人，尤其是在这种深夜里。他拼命思索，却毫无头绪。

此刻，已经是拂晓，空无一人的大街尽头，姜城漫无目的地走着，冷静了许多，而且一个大胆的猜想在他的脑海中越发清晰，虽然它乍一看并不现实——自己穿越到十年前的平行时空了。而这个时空的自己不知出于哪种目的，居然穿越过来绑架了自己的女人，还要敲诈自己。

姜城不知不觉已经到了之前的小区，心想既然那人有办法穿越过去，那么就一定着急穿越回来，自己不如守株待兔。突然，姜城意识到了一个关键问题，那便是 12 点，那个绑匪无数次强调的时间点。

四

2018 年，仲夏，绑架事发两周前。

急救室门口的走廊闯入一辆担架车，林朵在上面昏迷不醒，张子森和护士推着车，到了门口的时候医生把张子森拦了下来。

"家属在外等待。"

张子森看着林朵被推了进去，他在门口呆站良久，才坐在了走廊的长椅上。餐厅、突然晕倒的林朵、嘈杂的人声、刺耳的救护车声、苍白的担架车，记忆碎片一下子又倒着扎了回来。张子森感觉身体每一个部位都在以诡异的频率颤抖着，它们别扭地组合在一起，五脏六腑都仿佛承受着一股强大的离心力。

明明他半个小时前能大概率求婚成功的，但林朵的倒下犹如一把砍刀，把他和自己所想象的美好未来一刀两断了。

手术进行到深夜才结束，医生从急救室出来的刹那，张子森跳了起来，急切地问："大夫，她怎么样了？"

"目前没有大碍了，但她需要药物调理和一些小手术，然后等心脏捐献者，做换心手术，不然少则三个月，多则半年就……"

"不可能，她一直都好好的，怎么会……"

"进去看看她吧，过会儿还要换到普通病房，换心手术的费用不少，但这两天先不着急交费。"

医生拍了拍张子森的肩膀，便走了。张子森推开了门，闻到了一股消毒水的味道，他看到林朵安详地躺在床上，闭着眼，仿佛无事发生，不过是睡着了而已，只有苍白的脸显示着她刚才与死神擦肩而过。

张子森坐在床边，回想起他们相约在相爱的第七年去漠河的情景。林朵说漠河是中国唯一可以看到极光的地方，她说 x 先生的一本书中，曾有这么一个故事，一个男孩做了过分的事，始终无法得到女孩的原谅。男孩说，如果在我们相爱第七年的时候，去漠河看到了极光，你就原谅我好不好？后来男孩和女孩在第七年相约去了漠河，他们等啊等，就是等不到极光，男孩快急疯了，这时候女孩说，我原谅你了。男孩这才舒心地笑了，而就在这时，女孩看到男孩背后突然出现了极光。男孩的傻笑，绚丽的极光，女孩在那一刻觉得原谅他是世界上最美好的事情。

张子森一直以来都觉得这个故事很傻，讲的无非是男孩对女孩的爱感动了女孩，跟极光没什么关系，再加上文学作品的渲染，才会让林朵感动得一塌糊涂。他现在很后悔，后悔求婚求晚了，后悔没早点带林朵去漠河，后悔不该下班打游戏。

张子森躲在洗手间抽了根烟，独自流了会儿泪，又回到了病房，守着林朵，看了她很久，才离开。

五

第二天，张子森独自在卧室，被雨声吵醒了，醒来后他习惯性地搂向右边，但床是空的。一股失落感打在了张子森的心上，人在低谷的时候，总是需要二次回忆才能接受不幸的事实。

昨晚就开始下雨了，客厅的窗户也忘了关，沙发边上全湿了，张子森走出卧室，感觉客厅像是溺亡在了昨晚的雨里。张子森收拾了一下林朵的衣物，小心翼翼地把它们叠好放进了那个粉色的箱子里。外面的雨依旧淅淅地下着，像是钢琴尾端两个按键被反复弹奏，张子森终于收拾好了，他关好箱子，提着出了门。

在关门的那一瞬间，阳光、蝉鸣汹涌而入。

张子森猛地扭过头，他看到楼道窗户外已经放晴了，那一瞬间仿佛刚刚梦醒，仿佛打开门林朵就会跳出来抱住他。是这样吗？张子森心跳不禁慢了半拍，他费劲地扭过身，再次打开门。门内门外的阳光与蝉鸣合二为一，但没有林朵，只有一客厅的垃圾和破旧的家具。张子森手一失力，箱子掉在了地上。

这是哪里？

的确是自己的家，但好像老了十年有余，客厅里充斥着灰尘，以及数年不曾有人来过的老房子的气味，看样子已经荒废很久了。张子森觉得自己的身子一下子僵了，他走了进去，打开卧室，果不其然，脏乱不堪，满是灰尘，衣柜是开着的，柜门是坏的，唯独窗帘随风飘落，但带着一股腐味。

这到底是哪里？张子森转头就跑，他夺门而出，快步下着楼梯，一层又一层，仲夏的阳光，也一层又一层地打下来。外面的夏蝉在大声喧嚣。

张子森打开了公寓大门，不敢相信眼前的一切，上个月小区刚放置的雕像现在已经破旧了，昨天回来的时候还看见草坪是刚剪过的，现在却野草丛生。张子森看到一个自行车车筐里的杂志，他走了过去，拿了起来。上面的刊期是2028年第6期，封面上的人物是他自己，上面写着——"作家姜城高调宣布近日结婚"。

张子森在燥热的仲夏瞬间冒了一身的冷汗，接二连三的骇人事件让他连喘息的时间和机会都没有。他连忙翻开杂志，凑近看了看，这人的确是自己，一模一样，可他旁边的女人不是林朵，他不认识，从未见过。

不可能，张子森心里直接否认了这个事实，他绝不相信自己会和这个陌生女人结婚，也不相信自己会叫什么姜城，一定是哪里出错了。张子森毕竟不是姜城那样的酒鬼，他很快意识到自己应该是置身于向来被自己鄙夷的网络小说里的穿越桥段中了。

张子森没有报警，也没有去问别人这是不是一场玩笑，因为能瞬间让雨天放晴，从 2018 年到 2028 年长达十年的时间跨度，只有穿越这一种可能性。

张子森回到了那个十年后的家。

实际上这些都不是他此刻该去考虑的，因为他发现自己被困在了这个时空里，而自己的世界里，林朵还在医院等他。

"这会儿跟我玩什么穿越啊！"

张子森狠狠地踹了一脚门，在一个小时内，他试过各种方法，他都无法通过那扇门回到十年前的世界，哪怕是趴在地上跪拜，哪怕他用尽办法去开门。

张子森靠在门上，那本杂志早被丢在了一边，他守在门口，因为他觉得只有这扇门才是他回去的唯一途径，他不懂什么量子物理，不懂光速，也很少看穿越小说，老天在错误的时间，在错误的人的身上，开了一个玩笑。但张子森却觉得一点都不好笑。

张子森就这样一直守在门口，像一只无家可归的流浪狗。

六

仲夏，夕阳时分。

张子森疲惫不堪地坐靠在门上，满身的汗，感受到了真正的绝望。这个十年后的世界对于他来说是完完全全陌生的，唯独待在这个房间里才能找到一些自己还活着的感觉。张子森满脑子都是林朵，如果自己不在了，她就真的无依无靠了。

张子森扶着门站了起来，他继续想着法子反复开门，这是他唯一能做的事情，因为有因必有果，能来必能回。他仔细回忆事发前的所有记忆，反复琢磨，企图找到线索。可真的是再也普通不过的行为，收拾衣物，开门，关门，然后就穿越了。

就这样，张子森把门开了又关，整整两天。

第三天的清晨，张子森在门口醒来，眼前依旧是不变的破旧家具，阳光刺眼，蝉声喧嚣。他面如死灰，机械般提着箱子，抓着门把手起了身，然后扭动，打开。

雨声，传来。

门内是破旧的家居，聒噪的蝉声，门外是阴沉的雨，暗淡的光。两种截然不同的天气在同一时刻同时存在了，张子森小心翼翼地探出身子，然后关上了门，生怕门内的阳光再闯过来。张子森死死抓着门把手，抵着门，仿佛门内关着什么洪水猛兽。过了好一会儿，张子森的呼吸才平稳下来，他谨慎地打开门，看到窗户还是开的，沙发边湿得厉害，客厅光洁的地板反射着暗淡的冷光。

回来了，2018。

劫后余生的张子森一下子跪在了地上，紧绷的全身一下子放松了，他大口呼吸着潮湿的空气。可他根本来不及消化这几天的变故，因为林朵还在医院等他，于是张子森提着箱子，匆匆下楼了。

来到医院，先被医生训了一顿，后被那个照顾林朵的护士说了一通，说着说着她都哭了起来。在得知林朵是孤儿后，在她看来，张子森就是被高额手术费吓跑了，是弃女友而不顾的败类。

"你回来了就好，记得去警察局销案。"

等小护士揉着哭红的眼睛走开后，病房里只有张子森和林朵两个人。几日未见，林朵脸色红润了许多，但身子看上去还是虚弱的。

"遇到了一些急事。"张子森欲言又止，他不擅长撒谎，但开门穿越的事不能让林朵知道。

"是去借钱了吧。"林朵笑了笑，看着张子森。

"嗯。"张子森伸手摸了摸林朵的脸颊。其实林朵是个很要强的人，但她太了解张子森了，他不会在手术费这件事上向她妥协。

张子森没有多说，林朵也没有多问，床柜上的康乃馨散发着淡淡的清香，窗外的雨变小了，但依旧不间断地下着。两人各怀心事，林朵的手轻轻触摸了下张子森，点点的冰凉让张子森心头一疼。

"这几天就是想你，因为病了，才觉得平时不该小孩子脾气，不该凶你，不该逼你说好听的话，但我知道你不会不要我，你消失几个月，我也会等你。"林朵这样说道，她低着头，转而望向窗外，"我当时想，如果我真的生气了，也让你陪我去漠河，看到极光才会原谅你。"

"等你好了，就去。"

"如果好不了呢？"

张子森愣了，心里像是埋入了一颗不定时的炸弹，他又重复了一遍："等你好了，就去。"

"好吧。"

林朵握住了张子森的手，发现张子森的手也是冰的。

张子森陪了林朵一整天，成功洗清了败类的帽子，成了医院里的道德模范。两人的存款并不多，加一起也不过五六万，医生知道他们不容易，便含含糊糊地说先治着，还众筹了一万，帮他们垫了住院费。

晚上，张子森就在走廊的长椅上睡了。其实他之所以不回去，一方面是想陪林朵，另一方面他有些害怕，怕那扇被开了无数次的门。因为它变得陌生了，像是被注入了某种魔力。

走廊的长椅睡起来并不舒服，张子森索性起身坐着，他打开手机，搜索关于穿越等信息，发现历史上的确有一些人神秘消失，又时隔多年再次出现，还有凭空消失再也没出现的人。张子森看了一会儿，来来回回记录下来的就这几个案例，可没有一个和张子森的相似，他深深吁了一口气，看着走廊的白炽灯，发了一夜的呆。

第二天，张子森跟林朵告别了。他原先就是个网文写手，出了几部长篇小说，于是想着把现有几部的版权全都卖了，能凑一些是一些，但并不如意。

"老刘，我们认识也有几年了吧？林朵的事你不是不知道，我打包卖你，就为了……"

"子森啊，我就是因为知道林朵的事，才顶着压力给你10万的，你自己应该也明白啊。"

咖啡厅，张子森和刘编辑坐在靠窗的位置。张子森当然知道，他的这几部小说能打包卖出10万已经是奇迹了，但10万对于现在的他来说，远远不够。

"就这样吧，最迟明天给我个信，我还有事，先走了。"

刘编辑不等张子森回答，就匆匆起身走了。张子森也没拦着，等刘编辑走后，他一个人就坐在那发呆。等他猛地回过神的时候，听到咖啡馆里正放着卢冠廷的《一生所爱》——

　　从前　现在　过去了　再不来

　　红红　落叶　长埋　尘土内

　　开始　终结　总是　没变改

　　天边的你飘泊　白云外

　　苦海　翻起爱恨

　　在世间　难逃避命运

　　相亲　竟不可　接近

　　或我应该　相信　是缘分

　　……

　　黄昏时刻，人们三三两两地结伴回家，小情侣腻腻歪歪，走得更慢，张子森跟在最后头，他其实不想回家，几天前的遭遇实在让他有些后怕，但他更不可能去住宾馆。

　　张子森站在家门口，再三犹豫，还是打开了门，在发现门里门外一样后才走了进去，缓缓关上，然后再次打开。还好，没有任何变化。

　　没有林朵，家里显得空空荡荡，张子森随便吃了些东西，就躺在床上发呆，他偷偷问过医生，整个治疗过程需要花费200万，这对他来说是个天文数字。他父母没这么多钱，有也不会花在林朵身上，林朵有先天性心脏病的事他们知道，所以就一直反对。

清晨，张子森醒了过来，才发现下雨了。上海这些日子总是下雨，淅沥沥的声响让张子森有些烦躁。这时手机响了。

"老刘，三部小说，打包卖了，我放弃所有版权，对，您在哪儿，我们再聊聊？好好好，我这就出门。"

张子森匆忙收拾好了，他一边接着电话，一边出了门。

鸣蝉，阳光，电话突然中断。

又来了，张子森傻了。门已经关上了，他左手还没来得及松开门把手。这是第二次穿越，清晨，雨天，蝉鸣，阳光，这四个关键词跨越两个时空组合在了一起。张子森僵硬地转过身，打开门，走了进去，一地垃圾，破旧家具，还有上次丢在地上的杂志。这客厅像个不受张子森待见的老友，又来拜访了。

但这次，张子森却突然不是那么讨厌这位老友，虽然也算不上喜欢。或许——这扇门穿越的功能有规律可循。

烈日炎炎，蝉鸣充斥着街道，阳光直晃晃地打下来，张子森戴着墨镜，压低帽檐在报亭买了几张手机卡。在准备离开的时候，张子森看到了一本书——《十三个爱情故事》，作者是 x 先生。他想起林朵之前念叨过 x 先生一直不出新书，于是便买了一本。

在张子森买手机卡的时候，他看到报亭老板忍不住笑出了声，很显然他的手机太落后了，张子森随便张望了下附近人的手机，发现十年后手机已经像一张透明的名片。

张子森根据杂志上的信息找到了姜城准备举行婚礼的地方。

七

"姜老师，您怎么突然来了？"

"噢，路过，顺便来看看。"

张子森在酒店经理办公室，正想着怎么从经理口中套出姜城的联系方式，他对姜城基本一无所知，经理说着客气话，张子森只能有一句没一句地接着，这让气氛显得越来越尴尬。

经理额头开始冒汗了，他早就听说姜城喜怒无常，想着这次会不会是来取消婚礼的？

张子森停在了办公桌前，他看到了姜城的名片，然后用办公室里尴尬的一分钟时间，记住了名片上的手机号码和地址。

"所有准备事宜都进行得很成功，要不您再过目一下菜品？"

"不用了，就这样吧，我先回去了。"

张子森转过身，准备走了。

"姜老师，婚礼会如期举行吧？"

张子森抬头看向经理，发现自己漫不经心的态度已经让经理误解了，又想着毕竟是另一个时空未来的自己的婚礼，于是说道："你说举行就举行吧。"

不顾经理愕然的表情，张子森快步离开了办公室，毕竟，他还有更重要的事要做。

十年后的老客厅，深夜。

"你认识林朵吗？"

"你谁啊？"

"你和她什么时候分手的？"

"什么林朵？她是谁，你又是谁？神经病吧？"

"你十年前有没有穿——"

不等张子森说完，姜城就把电话挂了。不过张子森现在可以确定一件事情，那就是这个所谓的十年后的世界，同自己的世界是平行时空，也就是说这里并非自己世界的十年后。首先自己不可能不知道林朵，其次这个时空的自己叫姜城，而非张子森。

已经十二点了，张子森打开了门，发现果然还停留在这个时空，如果他没猜错的话，明天此时，他应该可以离开这里。

次日零点，夏蝉凄切，张子森握住了门把手。

其实，张子森所猜测的种种都只是他的假设，很有可能他此刻打开这扇门，依旧只能听到夏蝉喧嚣，也有可能还有什么偏差他并没有意识到。

但他还是扭动门把手——门，打开了，淅沥沥的雨声如约响起，张子森走了出去，关上门，接着再次打开。里里外外的雨声连成一片，夏蝉声消失了。

接下来的几天，张子森只在重复一件事，那就是开门。在长达一周的测试里，张子森每天凌晨都会打开那扇门，出去，关上，再打开。终于，他的猜测被证实了——每隔一天，门才能具有穿越功能，只能单方向穿越一次，门一旦关上，想再次穿越必须再等一天。穿越当天，他的世界必然下雨。

绑架案事发前两天，张子森刚从另一边穿越过来，他在客厅踱着步，轻声念叨着什么，门没有关紧，另一个世界的月光从门缝里照了进来，像一道窥视的目光。

为什么不绑架姜城的未婚妻，敲诈姜城呢？这算不上犯罪，毕竟，他敲诈的是他自己。想到这，张子森终于笑了，显得无比解脱。

八

很显然，绑架算不上多成功。

明明刚才门把手被转动了，但突然就没了动静，像是门外的人突然犹豫了，拧着门把手不动了。张子森打开了门，门外什么也没有。

张子森拿着刀走向王帆，王帆不停地摇头，身子在颤抖，最后干脆闭上了眼睛。实际上张子森并没有杀她的打算，反而撕开了胶带，割了绳子。

"姜城刚才被我的同伙绑架了，两天后会放人，我可以放你走，但你如果报警，我们就立即撕票！"张子森骗她说。

"你们要把他怎么样？"

"放心吧，两天后他会安然无恙地回去，你们的婚礼会照常进行。"

王帆满脸泪痕，显得又怕又恨，她看着这个自始至终都戴着面具的男人，一步步后退，最后顺着楼梯下去了。

张子森关上了门，摘下面具，露出了同姜城一模一样的脸。

"砰！"

张子森抢起椅子，猛地砸向了墙。可能就差一秒，如果姜城能少喝一滴酒，可能就来得及，他就可以带着自己的女人走，而张子森就可以拿着那200万离开这里，林朵就有救了。

张子森深深吸了一口气，慢慢冷静了下来。现在姜城应该被困在自己的世界了，但愿没有生什么事端。张子森只能这样祈祷，他想姜城应该会和自己第一次穿越一样，一心想着回来，如果他爱那个女人的话。

熬到天黑，等到凌晨，这扇古怪的门将会再次开启，连接两个世界。

　　然而张子森还是低估了姜城作为一个酒鬼，对灵异事件的承受能力，或者说高估了他对王帆的爱。

　　那天，姜城从警局出来，就回到了张子森家，他从冰箱里搜出了一点水果，又用卧室里的一些零钱买了些酒，然后便在卧室里享受了起来，顺便琢磨了一下这段古怪的经历。他想，钱还没到那个人的手里，所以王帆一定是安全的，而这个和自己一模一样的人应该也着急回来。林朵？对，这场绑架案一定和林朵有关。

　　可林朵到底是谁？

　　姜城发现自己死活想不起来了，于是他也意识到，这个世界或许并不是自己十年前的世界。

　　那么，为何不去看看那个叫林朵的人？想到这，姜城突然一个激灵坐了起来，他下了床，再次拿起那个合影照，久久地看着张子森旁边的短发姑娘，有那么一瞬间像是想起了什么。刹那间，姜城的脑子里闪烁了一瞬暧昧的光。

　　"不会……这姑娘在我的世界是公主吧？"

　　"嘟——"手机震动的声音。

　　姜城找了找，在枕头底下找到了张子森落下的手机，看到了一条短信，备注是林朵——"想你了"。

　　姜城又翻了翻短信记录，看到了医院的名字。出于某种报复心里，他决定去看看这个林朵。

阴雨天气，路上行人大多穿了外套，而姜城来得"匆忙"，只能穿着短袖在街上瑟瑟发抖，他好不容易拦下了一辆出租车，一路驶向了医院。

大约半个小时，姜城就到了，还不等他向前台打听，护士就一眼认出了他："来啦？"

"来了。"姜城一愣，回答道。

"你怎么一下子老了这么多？"护士问。

"呃……"姜城犹豫了一下，但还是单刀直入地问了，"林朵在哪个房间？"

"530啊，又没换房间。"

"好的，好的。"

姜城说罢就走了，像是赶着去见情人一般。然而姜城却莫名有些慌张，他总觉得这是个错误的决定，见了面说什么？我是谁？他又是谁？他绑架了我的未婚妻？这些问题和解释其实连姜城自己都没想明白。

可他已经到了530的门口，他透过门窗看到里面正躺着一个姑娘，她拿着一本书，眼神却飘到了窗外。

九

一天后。

这会儿离零点还差两分钟，张子森先到了门外。蝉鸣一直未停过，它如同沉闷钟声的尾音，一直回响于仲夏，此刻张子森有些焦躁，他攥着门把手，随时准备打开门。这门不用钥匙反锁，是可以直接打开的，他担心姜城会做出什么事来，当时以为可以成功得到钱，只要把两个人赶出去，在零点之后自己再打开这扇门，就成功消失了，谁知姜城居然迟到了。

零点到了，张子森扭动门把手，打开了门，一股冷气迎面扑来，让他打了个哆嗦。他看到了自己，姜城也看到了他。

客厅的空调是开的，姜城正在吃鸡腿，他见张子森打开了门，突然愣住了。两人一时都没说话。这是一场古怪又诡异的对视，两人都看着彼此，像是在猜测彼此的人生，如同一场旗鼓相当的博弈。

终于，张子森移开了目光，身子一下子如释重负，像是刚从一只紧攥着他的巨手中逃脱出来。他看到沙发上有个黑皮箱，心中庆幸，钱是在的。

张子森平复了一下心情，说道："这门不合上，外面就永远是十年后的世界，也就是你的世界。你女人我放了，你走吧。"

"你的脑回路怎么长的，绑架了自己未来的老婆，敲诈未来的自己，就为了一个快要死了的女人？"姜城轻笑道，随后喝了一口酒。

　　"闭嘴！我们是平行时空，我的十年后不是你！"张子森被激怒了，但他又意识到一个问题，"你见了林朵？！"

　　"对啊，不过她还没来得及见我，就病发晕倒了。"姜城戏弄道，"我就在门口看到的，护士把我当作了你，还让我签什么字。屁！你就是绑架犯，我凭什么替你签字！"

　　张子森心一沉，脑子突然空了，眼前这个骂骂咧咧的自己的确有一万个理由讨厌他。他知道，医生不会因为自己没有签字而放弃林朵，但自己从一开始就错了，从而一错再错，牵连他人。可如今，他想收也收不回来了，而这一切必须尽早结束。

　　张子森走上前，拽起姜城，把他往门口一推。姜城一时没反应过来，差点被推出门外。

　　张子森又推了一把姜城。

　　"你想干吗？"姜城的手死死攥着门框。

　　"你就当帮了你自己，离开这儿，留下钱，永远也不要回来！"

　　"老子凭什么帮你？"

　　张子森突然一脚踹向姜城，姜城重重地摔了出去。

　　"王八蛋！"

　　"对不起。"不等姜城继续骂下去，张子森就已经把门关上了，门外终于安静了下来，张子森打开门，姜城已经不见了，然后关上，把门反锁。

实际上姜城还在门外，只不过是回到了自己的世界，他转动门把手，发现门再也打不开了。姜城感觉自己被羞辱了，于是狠狠踹着门，嘴上骂骂咧咧。

姜城等了整整两天，本来想好了如何嘲讽这个时空的自己，如何作为长者蔑视他的行为，如何威胁他、胁迫他，甚至他连几乎不可能的谈心时间都想到了，却想不到张子森仗着小自己十岁的体力，没说几句话就把自己推出了门。

踹累了的姜城喘着粗气，他突然笑了下，因为张子森还是太年轻了。

十

自那以后，张子森就没有再回家了，他走的时候用钥匙把门反锁死。林朵的医疗费总算是有着落了，等林朵好了，抽个时间搬出去就好。

这些日子，林朵总显得有些心不在焉，给她带的那本 x 先生的书应该早就看完了，但张子森却发现林朵总是盯着书前面的某一页看很久，眼神也不动，像在发呆。

"你怎么了？"张子森刮了一下林朵的鼻梁，"怎么才看到这儿。"

"问你个事。"林朵回过了神，转头看着张子森，像是在洞察什么，"钱哪来的？"

这个问题无法逃避，张子森当然不可能告诉林朵真相，这个事情必须烂在他的肚子里，于是他说道："我回了趟老家，说服了我爸，把房子卖了。"

"你疯了吗？"林朵突然提高了声音，"我是个快死的人了，你花那么多钱有什么用！"

"医生说了，再过两个月你就能接受心脏移植了。"张子森把手放在林朵的肩膀上，安抚着她。

"答应我一件事。"林朵的声音有些嘶哑，她低下了头。

这时，病房的门被打开了，张子森转过头，看到医生示意他出来一下。

"什么我都答应你，好不好？"张子森轻声说道，"我一会儿要去签个关于那几本长篇小说的合同，晚点来找你。"

"好。"林朵耸了下肩，靠着床，头往里缩了下。

张子森想，怕是又要怪自己上次匆忙离去，一心想着怎么解释。到了医生的办公室，医生让张子森先坐下，自己则去倒了杯水。医生端着水杯走了过来，坐下，把水杯放到张子森的面前。

"小张，虽然有时候你会突然失联，但我能看出来，你是为了林朵，前段时间你说钱借齐了我还很惊讶。"

"我把老家的房子卖了。"

"小张，关于林朵，你要有个心理准备。"

"林朵怎么了？！"张子森一听这话，唰地站起来了。

"近期一直在让她服用一种调节免疫系统的药物，但并没有达到预期效果。"医生推了推眼镜。

"难道是药的问题？"

"不是的，可能是体质原因，这个很复杂。现在的问题在于，林朵本来可以安全度过三个月的等待期。但现在的情况有了变化，她必须一个月后就要接受心脏移植手术，而预定的捐献者，还有两个月的寿命。"

张子森觉得老天从头到尾都在开玩笑，他原以为可以借那扇门进行一次完美的敲诈，却阴差阳错被困在了另一个时空里，好不容易赶走了十年后的自己，如今却得知林朵命不久矣。张子森突然心一横，问道："医生，能不能用我的心给林朵做移植手术？"

"胡闹！"医生斥道，转而又有些无奈，"我能理解你的心情，但……我已经尽力了，有其他捐献者出现，我会第一时间通知你。"

张子森像是一座僵硬的雕像，一动不动，少许过后才转过身，一步步离开了办公室。

张子森不知道该如何面对林朵。

他胡乱走着，回想起同林朵的点点滴滴，想起了和林朵第一次邂逅，第一次约会在内的所有记忆，在记忆中，林朵像是悦动的精灵，点亮了同他在一起的所有时光。

记得自己第一次卖小说版权的时候，林朵一同去了，本来他准备认了编辑给的那个极低的价格，但林朵愣是和编辑针锋相对，把价格提高了三成，活脱脱像个女王。但在张子森的面前，林朵永远都是依靠他的模样，隐藏了自己的聪明和强势。林朵曾说，自己是个孤儿，依靠别人是件错误的事，这件错事只能做一次，但必须是一辈子。

张子森没有直接去找林朵，他不知道林朵得知这个消息后会怎样。张子森想，如果这个样子去见她，他一定会泣不成声。所以张子森一个人漫无目的地走着，来到了医院后院，这里是一片草坪，中间是一个亭子，前几天下雨，他带着林朵来过这里。

不知从哪天起，蝉鸣就变弱了，虚弱得像是行将就木的老头子的呻吟声。张子森听到远处有嘈杂的声音，但听得不清楚，大概又是医闹。张子森穿过草坪，来到亭子里，坐了会儿，起身又在亭子里头踱步，巨大的不安感一点点蚕食着张子森的意志，他原以为敲诈自己是最荒唐和大胆的法子，但连这到如今都无济于事了。这时，张子森的手机响了，来了条短信——"林朵被我带走了"。

谁？张子森突然蒙了，他想起了刚才听到的嘈杂的声音，于是像疯了一样跑向林朵的病房。

张子森撞开了没关紧的门，他看到林朵的病床是空的，然后上前摸了下褶皱的床单，感受到了余温，林朵应该刚走不久。短信又来了——"回家"。

姜城，一定是他，张子森突然明白了，这是姜城的报复，他冒充自己接走了林朵。难道说，自己如今——反被敲诈了？

十一

张子森来到家门口，用钥匙打开了门。

姜城坐在客厅抽烟，烟雾缭绕，张子森忍着没咳嗽，也忍着没上去把姜城揍倒在地，而是问道："她在哪儿？"

"你信我吗？"姜城把烟掐了，又自顾点了一根，"不信，对吧，但你现在必须信我。"

"林朵在哪？"张子森的声音在发颤。

"当我发现自己的女人被自己绑架的时候，我也是不信的。"姜城始终没有正面回答张子森的问题，他看着张子森，神情安逸地躺在沙发上，"但如今，你的女人也被自己绑架了，所以你得信我。"

"告诉我，你的目的。"张子森努力平静下来。

"这才是聪明人该问的，你和我都是聪明人。"姜城笑了，满意地点了点头，"爱情，总是让人发狂，但有时也能让人无助，无奈，绝望，卑微得如同一只狗。就像现在的你一样。我要的不多，只不过是取代你，从此你就是姜城，我就是张子森，我要和你交换身份。"

"这有什么意义？！你的世界里你可是个有钱人，和我一个穷小子换身份？"

"意义？我从十年后来到十年前，我能得到多少东西？我能改变多少东西？我能拥有多少东西？"姜城的眼神里充满了野心，"你简直太幼稚了，这可是个时空之门，超自然的存在！"

"随你吧。"张子森缓缓闭上了眼，"她只有一个月的寿命了，让我陪着她度过这最后一个月，其他都随你。"

"如果我说，我可以救她呢？"姜城又点了一根烟，他看到张子森的眼神突然变了，"我不仅有钱，还有资源、人脉，林朵的情况我通过那个医生了解到了，她必须在一个月内完成心脏移植手术，但捐献者还有两个月的寿命，可如果我通过人脉让她一个月内就可以接受心脏移植呢？"

"此话当真？！"

"当真。"

"代价是我永远离开这里，是吗？"

"等她好了，你也可以把她带走啊。"

"带她去干什么，去十年后受苦吗？"张子森顿住了，一下子回想起最开始被困在十年后的时候，有一种再也见不到林朵的巨大的失落感，如今，这种感觉又回来了，正在一击又一击由上而下地敲打着他的心，"一个月后，我来看她。"

此刻的张子森心沉谷底，唯一支撑着他意志的是林朵还有生机。想到这，张子森心中莫名一暖，但很快又化作巨大的委屈感，他缓缓蹲了下来，一下子哭了，像被剥夺了力气一样，蜷缩在地上，仿佛成了姜城口中的那条狗。

"哦，对了，记得去我家从保险柜里取一笔钱，密码是我们的生日。"姜城站了起来，踢了踢张子森，眼神阴沉，令人捉摸不透，全然没了之前酒鬼的样子，"现在，当着我的面，离开我——的——世——界！姜——城！"

很显然，最后八个字是姜城故意说出来的，可能是为了报复当初张子森对他的羞辱，不过这并没有什么意义。张子森缓缓爬了起来，如同一个死人一般，一步步走向门，没回头，也没回应，只是到了门口的时候站住了。

"别见她，别说这个秘密，求求你了。"

十二

一个月后。

十年后的上海依旧是那副模样，仲夏永远是以一个令人讨厌的姿势盘踞在大地上，不愿离去也不给人好处。张子森在同一栋楼里租了个睡觉的地方，整日浑浑噩噩，他在短短一个月就成了当初的姜城，酗酒，抽烟，邋遢，透支着身体去选择接受一个事实，然后不断地告诉自己，这是最好的选择。

夕阳透过半遮的窗帘照在木板床上，张子森手一松，没喝干净的酒瓶摔在了地上。张子森猛地惊醒，他揉了揉眼睛，看了眼日历，今天是他带钱去见姜城的日子，也是见林朵最后一面的日子。

这一天夜晚来临得很快，张子森洗了个澡，把自己收拾干净，穿了套新衣服，看了一晚上电视，熬到十点多，便出了门。他徒步走到姜城家的别墅区，扯掉口罩，保安一看是姜城，立即就放行了。

来到姜城家门口，张子森敲了敲门，这次他没再戴面具。

门开了，张子森看到了一个憔悴的女人。

"姜城！"

王帆立即扑了过去，紧紧抱着张子森。一股莫名的委屈以不同的名义在这两个人的心中炸开了，张子森试图把王帆推开，但王帆抱得更紧了。

"这次我不会让你再离开我的。"王帆带着哭腔。

"松手！"张子森心头一痛，用力把王帆推开了，"我是个瘾君子，心胸狭隘，我根本不爱你，明白吗？所以我才会离开你。"

"不，不是的，姜城，你不是这样的。"王帆哭了出来，"只有我理解你，我知道你小说的孤独，知道你的思念，知道你为什么会成这样，是我太自私了，是我害得你变成你口中的人。"

张子森愣住了，他原以为那样说可以让王帆好受一些。其实他自始至终都不知道这女孩叫什么，杂志上说的是姜城会和神秘富家女结婚，仅此而已，他觉得王帆和姜城之间不过是普通的门当户对，却不想王帆如此深情。

但现在这些都不是他需要思考的。

张子森没有再理会王帆，而是直接去了书房，王帆愣愣地看着他，刚找回来的魂像是又丢了。张子森找到了保险箱，按照姜城提示的密码打开了，里面有一个包，他拿了出来，打开，看到了一大笔钱。

张子森背着包准备离开这里，却又被王帆从背后抱住。

"你今天哪里都不许去，我要你留下来，不许去见那个贱人！"王帆尖叫了起来，刺耳又刻薄。

张子森不知道姜城当初离开的时候跟王帆说了什么，但同林朵的种种恍然间全部闯进了脑海，那一句"贱人"让张子森憋了一个月的怒火彻底爆发了。他失去了理智，一把把王帆推倒在地，死死掐着王帆的脖子，他身下的女人眼神从惊恐逐渐变成了绝望，眼泪从两边眼中同时流了出来。

张子森还是松手了，他坐在地上，泪水在脸上无声无息地滑落。王帆艰难地转过身，把头努力靠在张子森的腿上，用最后的力气乞求道："不要离开我，好吗？"

张子森把王帆轻轻推开，这次王帆没有抱过来，而是看着张子森缓缓站起，一步步走向门口。王帆像是在见证久卧病床的亲人慢慢死去，她自始至终都在看着张子森，希望能听到一些咿呀的遗言，哪怕一个字都行，都可以让她奋不顾身地满足他。

但张子森摇摇晃晃地打开门，走了出去，没有看王帆一眼。

十三

街上有一股凉意，天空是统一的阴沉蓝，看不见星星，大概是又要下雨了。

　　张子森一路低头走着，眼神中燃起了最后的斗志，因为他明白，他必须暂且活着，最后为林朵做些事情。

　　张子森来到了自家门口，外面轰然一声雷鸣，大雨接至。等到凌晨，那一边也会下雨，这扇门会再次打开。他努力平复心情，想以最好的状态去见林朵最后一面，但这明显是徒劳的。

　　零点随着一阵风来了，风是从里面吹出来的，门没关好，直接被吹开了，张子森看到了昏黄灯光下的姜城，他脸色苍白，见门突然开了，也愣住了。

　　"你来了。""我来了。"两人同时开口，一问一答。

　　"嗯。"姜城的样子很奇怪，像是刚生了一场大病，他颤巍巍地起身，"去见见林朵吧，她在南郊那片废弃停车场下面，看门的老李看到你会引你进去。"

　　姜城说完就拍了拍张子森的肩膀走了出去，顺带着关上了门，贴心得有些过分。张子森甩手把装着钱的包甩在了墙上，粉红的钞票从包里飞了出来，落得遍地都是，仿佛是被姜城最后虚假的善意激怒了。

　　张子森冒着雨来到了姜城说的地方，守在那的老头一看是他就把他引到了地下医院。这里狭小又拥挤，空气里飘着浓浓的消毒水的味道。

　　张子森被带到了一个病房门口后，老头就走了。张子森心跳加快，他压着复杂的心情，打开了门。

林朵躺在床上，尚未醒来，张子森走近林朵，想着最后一面她还是不要知道为好，这时，有个护士进来了。

"你是张子森？"

"对。"

"这是你哥哥留给你的信，唉，你们兄弟两个为个女人，至于吗？"

张子森有些摸不着头脑，他接过信，拆开，看到上面写道——

张子森：

林朵很好，记得把那个房子买下来，还有就是把求婚计划改一下。

我一时不知道该如何开场，如果我告诉你，我十年前也敲诈了未来的自己，你会怎么看？先别急着否定，我知道你一肚子的困惑，请先继续看下去。

其实我当初的确是想绑架林朵，的确想和你互换身份，的确想取代你，但在我准备绑架林朵的时候，我却想起了一切：原来十年前，我也敲诈过自己，也经历了同你一样的事情，但不幸的是，后来林朵死了，我经不起那份痛苦，人格分裂了，潜意识选择性地遗忘了关于林朵的一切，产生了姜城的人格，开始以姜城的身份生活。

我想起这些的时候，已经为时已晚。因为你已经不可能相信我了，于是我将错就错，把林朵安排到地下医院，把你骗到十年后的世界，用一个月的时间将自己的心脏献给林朵，然后给自己安一个人工心脏。你真以为一个月内会有傻子心甘情愿地把自己的心脏给别人吗？除了你和我。

在两个世界都下雨的这天，门会关闭，等十年后才会再次开启，并与另一个新世界相连。

所以你明白了吗，这是无数个平行世界之间的环环相扣，我们每次都会遇到不同的意外，失忆也好，人格分裂也好，被陌生人胁迫也好，到最后，十年后的那个"我"都会献出自己的心脏去拯救林朵，我不清楚这场轮回持续了多久，我想只有保护好林朵才可以破解这个魔咒，但如果最坏的结果出现了，我们还是会义无反顾地去把自己的心脏献给另一个林朵，如同趋光的蛾子一般。

我回去了，如果不能死在心爱的女人怀里，那也要死在最对不起的女人怀里。

信从张子森手上飘落到了地上，像只僵死的蛾子。

十四

十年后的上海似乎也很难过，于是趁着夜色痛快地下了场暴雨。

姜城冒雨走在街上，他想起当初自己来到十年前的世界，是真的准备绑架林朵，就像他当初胁迫张子森那样，只是等他打开病房的门，看到背对着他的林朵的时候，林朵把他当作了张子森。

"你还记得我们的第一次约会吗？那个公园有很多的鸽子。"

当时林朵这样说道，姜城感觉自己的脑子抽搐了一下。很多杂乱的记忆一下子涌进了脑海，又一下消失了。

"第一次牵手还是我主动的，我们一起去和编辑吃饭的那次，我的强势肯定吓到你了。其实你的求婚计划我都知道了，真搞不懂你为什么要存在那个文件夹里，可惜我等不到你计划实施的那天了。婚戒退了吧，钱也退了吧。如果你爱我，能不能答应我，无论我做了什么，你都要接受？"

姜城的脑海深处闪现了许多记忆碎片，它们逐渐连接在了一起，成了一首即兴发挥的蓝调。可转而蓝调又成了某首狂想曲，记忆汹涌澎湃地闯了进来，让他记起了一切，以及所有的因果。

"你怎么哭了。"

林朵已经转过了身，看着眼前憔悴的"张子森"，像是一会儿没见就苍老了十岁。她一下子也哭了，突然又笑了。

姜城当然看不见林朵被子下面全是她故意不吃而偷偷藏起来的药片。准备赴死的不只他和张子森，还有一无所知的林朵。她为了不成为张子森的累赘，宁愿早点死去。

十五

雨声掩盖了远处的鸣笛和姜城自己的哭声。

在姜城的脑海中，闪过另一张熟悉的脸，那就是王帆。在记忆中他和王帆相遇于一次酒会，好像是林朵去世以后，又好像不是。

两个女人的记忆螺旋状平行着，两种人生，两种真实又古怪的感情让姜城有些癫狂，他不清楚为什么脑海中会有两个真实的爱，他像个疯子一样在雨中乱语，不断地否定又不断地肯定着些什么，一会儿是林朵，一会儿又是王帆。

姜城的身后停下了一辆车，车灯把姜城包裹在了一片光明之中。姜城回过头，看到王帆下车跑向了自己，哭得不成样子。

"对不起。"姜城跪在地上，王帆把他抱在怀里。

雨声依旧大作，却还是掩盖不住王帆突然的哭喊。姜城没法再回答后面的问题了，他带着眼泪也带着微笑，倒在了王帆的怀里。两个人的影子被车灯拉得很长，长得看不到尽头。

或许姜城本身就是一个影子，看似追随着光明，却得不到善终。

那一夜，上海的雨陪王帆哭喊了许久。

十六

漠河，北国最北。

来漠河的，一半是为了原始风景，另一半是为了极光。但多年来，极光都不曾出现了，即使出现了也是稍纵即逝，为极光而来的，绝大部分都失望而归。

去往漠河的最后一趟车上，半数是外地人，他们叽叽喳喳地说着漠河，说着极光，其中不少是情侣，或兴奋地讨论着行程，或偎依在男友的怀里，看窗外的风景。而张子森则一个人坐在最靠后的位置上，手上抱着一个被布裹着的骨灰盒。

林朵还是去世了，她死于一场车祸。

到了漠河的时候，天色已经暗了，张子森最后一个下的车，他走得很慢，一会儿便脱离了人群。附近有不少人骑着摩托车拉客，叫喊着"直达景点"，张子森一个也没理，依旧慢腾腾地走着。等他走到了湖边，人已经不少了。

当年，林朵的换心手术的确成功了，张子森的小说逐渐出名了，但因为姜城的告诫，他始终没有把林朵公布于众，而是当作宝贝一样藏起来，希望所谓的轮回可以在他这里结束。

这里其实没什么好看的，别处也有的湖，别处也有的山，只不过天空比较干净，已能望见星宿。不远处各自旅游团的导游正卖力介绍着景点，介绍着极光，等着游客们磨干净耐心，好早点回去。大概热闹了两三个小时，只剩下三三两两的人了，再过了会儿，张子森身边已空无一人。

星空很美，万籁俱寂，张子森久久地仰望着天空，一动不动。可能是也等累了，他终于低下了头，转身准备离开，可张子森没走几步就突然停了下来，眼泪唰地一下流出来了，他哭着哭着又笑了，像个傻子。

那一瞬间，张子森背后的星空中出现了壮丽的纽带，那是无法用语言描述的美，仿佛是彩虹的某一处被无限放大，又仿佛一滴墨绿被天空无尽稀释，但张子森始终没有回头。

远处有情侣兴奋地喊了起来，却看不到人影。

"我原谅你了。"

不知是谁这样说了一句。

十七

五年后，酒会。

张子森接连获了一些奖，越来越出名，稿费水涨船高，出版社也蜂拥而至。这场酒会是给富人们办的，来者非富即贵。酒过三巡后，张子森坐在角落的沙发上发呆，又想起了五年前的那场极光。

"您是张子森？"一个长发女孩很自然地坐在了张子森身边，但张子森并没有理会。

"你的书和你一样，太孤独了。"女孩继续自顾说道，"孤独如同一只嗜血野兽，要么在狂暴中发泄，要么在寂静中死去。"

张子森看了眼女孩，这句话是他写的，出自一个悲剧小角色，他没想到这个女孩居然记得这么清楚。

"你叫什么？"

"王帆。"

"你看着倒是眼熟。"

王帆笑了，脸颊微红，她把这句话当作是张子森的搭讪。

十八

"我好像见过你。"

张子森认识王帆后，总觉得这女孩似曾相识，但又记不起是什么时候。相处久了，他发现王帆太适合他了，懂自己的一切心思，但他的心始终都是另一个人的，这事他跟王帆说过，不过没提穿越之门的种种，只是说自己深爱着一个姑娘。

"真的忘不了吗？"

"忘不了。"

"那就去找她啊。"

"她死了。"

张子森笑了笑。两人此刻在公园喂鸽子，夕阳显得懒懒散散，鸽子飞来飞去，带走又带来了一抹抹金黄。

"明天带你去个地方。"

"哪里？"

"一家诊所，你压力太大了，疏导一下吧。"

张子森的确过得不开心，但他不需要什么疏导，这事王帆跟他说了很多次了，他想着这次就去吧，以后也让她少做无用功，明天他正好准备离开上海，等该来的时候再来。

第二天，高级心理诊所。医生诱导着张子森进入了深度催眠，他躺在一个座椅上，头上戴着一个古怪的仪器。

"说完了吗？"

"说完了。"

"你知道吗，你说的都是不可能的，都是你自己骗自己的，那个女孩已经死了。"

“她没有，她在等我去救她，我将成为她的心脏。”

“把你刚才说的，现在想的，都归在一起，放到一个箱子里。”

“箱子？”

“对，放进去了吗？”

“放进去了。”

“把它藏在内心最深的地方。”

“不要，我将成为她的心脏。”

“不，它已经被藏起来了，你叫什么？”

“我将成为，将成为……”

“告诉我，你是谁？”

“我将成……我……我叫姜城。”

医生并没有将张子森立即叫醒，而是小心翼翼地出了房间，关上了门。

“医生，怎么样了？”守在门口的王帆急忙问道。

“已经分裂出了一个全新的人格，他患有强烈的幻想症，说了很多莫名其妙的话。”医生显得有些轻松。

“这个靠谱吗，他真的忘了？”王帆有些担忧。

“他已经忘了自己是谁了，等他醒来，他将坚信自己叫姜城。这个算是低端版记忆消除器，没法取出，只能隐藏在脑海深处。”

"那他都说了什么？"

医生思索了一下，嗤之以鼻地笑了笑，说道："他给我讲了一个黑暗童话故事，听样子，他是里面的悲剧人物。"

番外·林朵之死

手术前 30 分钟。

"刚给你打了慢性麻药，过会儿困了直接睡就好。"

"嗯，好。"

护士说完就出去了，林朵拿出那本张子森给她买的书，翻到了第十三个故事——《时间的恋人》，今天终于可以看完最后一个故事了。但这个故事的开头是这样的：

这是 G 姑娘第 17 次失败，她依旧没法阻止 J 先生把自己的心脏送给自己。

《时间的恋人》讲的正是张子森和姜城的故事，那扇门、雨夜、敲诈，最后姜城把自己的心脏移植给林朵，在这个故事里不过是把人名换成了字母。林朵看到后面，逐渐意识到，自己是里面的 G 姑娘，她想起张子森几次突然消失，还有刮了胡子的他，自己被突然转移到了地下医院，这些巧合全部由这个故事组合在了一起，她想阻止手术，但药效发作了，林朵双眼开始模糊，手一脱力，书掉到了床底。

三年后，林朵背着张子森找到了 x 先生。

　　"我不知道是哪个同行给了你我的联系方式，我一般不同别人见面的。"

　　"我知道。"

　　"以我的名义在未来发布一篇短篇小说，为什么？"

　　林朵笑了笑，搅拌着咖啡，低下了头。

　　"虚荣心作祟吧。"

　　林朵取出一张银行卡，推了过去。

　　"这里是 20 万，我只有一个要求，这次把我的小说放到文集的第一篇。"

　　没人会和金钱作对，x 先生同意了。完成这次见面，林朵觉得这一切都该结束了，把一切交给下一个自己，这场轮回应该由自己这个祸端来结束才行。

　　"这是 G 姑娘第 17 次失败。"

　　突然间，林朵再次回想起了这句话，第 17 次，之前的自己不可能没有想到，那么就是说 x 先生不止一次把故事放到了最后一个。想到这一点，林朵连忙回头去追，她看到 x 先生消失在了不远处街头的拐角，于是跑了过去，没有看到红灯亮了，也没有想到，那里会是司机的视觉死角。

　　尖锐的刹车声传来，林朵撞在了卡车上，她如同断了线的风筝，带着自己的秘密，重重摔在了马路中央。

灵魂列车

一

我迷迷糊糊地在清晨的鸟叫中醒来，觉得疲惫，心里满是失落，却丝毫想不起昨晚的梦。窗外的天空阴沉得如同一池墨水，似乎随时都会倾盆而下。

简单洗漱后，我去了客厅。

"今天是你上班的第一天，记得要给领导和同事留个好印象。"

"嗯，好。"

我西装革履，印花深紫色领带和白色衬衫正统地搭配在一起。喝完桌子上的牛奶，我拿上公文包准备出门。

"怎么还背着那个鬼东西？"

"啊？"我耸了耸肩膀上的吉他包，"一会儿路上我要把它卖了。"

妈妈一脸狐疑，我干笑了一下，连忙走了。

今天没有上班所需的好天气，天空阴沉，阴柔的光落在地上让人留不下一点影子。我到了路口，坐上了前往火车站方向的公交。

这算是最后一次叛逆吧，我想去 B 市。

公交车在商业区停了，从这下去赶到公司还不会迟到，我紧紧攥着吉他的背带，头抵在椅背上，深深做了几个呼吸，直到车门再次关上。

一路几经煎熬，终究是到了火车站。我打扮得西装革履，却背着一把吉他，那样子一定是滑稽极了，但像火车站这种鱼龙混杂的地方，这还算好。穿过马路，我到了广场。

"小哥，算一卦？"我刚要前往售票处，衣角却被扯住了。

花坛旁坐着一个落魄模样的算命老头，样子邋遢，腿似乎还瘸了。

"我赶车。"我把西服角拽平。

"不耽误，不耽误，来，小哥，你先坐下。"老头伸手一把把我按在了跟前的板凳上，"哎哟喂，不得了，小哥，你这印堂发黑，怕是有凶兆啊！"

"扯淡！"我一时没反应过来，于是恼怒地起身了。

"小哥，你过会儿有一劫，只有做出正确的选择才能逃过。"

我一愣，突然想起了即将要前往 B 市的计划，下意识觉得这老头倒的确有点靠谱，可就在我刚要问点什么的时候，老头又说话了："我看和小哥有缘，你若给我 100 元，我帮你化解如何？"

果然。

我不耐烦地耸了耸吉他包，转身就走。

"哎哎哎，不听也成，你倒是先把算命的 50 元给我啊，你别走啊你！"

"我看上去好骗是吧？"

"30 元也行啊！"

我没再搭理他，直接向售票处走去。一大早就这么窝火，那老头也不会说好话，当个骗子也没个职业操守，不懂现代人的心理么？

买票的队伍不长，不一会就轮到了我。

"到 A 市。"

"30 元，T405，半个小时后发车。"

我早就想好了一个逃票的法子，这趟火车不去 B 市，但会路经一个中转站，我从那里可以再坐上到 B 市的车，且不会被查票。

拿到火车票后，我担心地望了望广场那边，害怕那个老头跟过来，但花坛那里空无一人。哼，算他识相。

　　我匆匆忙忙地进了火车站，一切都按计划进行着。火车上人声嘈杂，我抱着吉他坐在靠窗的位置上，看着窗外的景色飞快地倒退，从市区到郊外，最后又是荒郊野岭。当卖零食的小车来来回回了三四次的时候，中转站终于到了。

　　我下了车。

　　一个多小时的车程并没有让我远离城市阴沉的天空，这会儿已经十点多了，天却灰暗得快要滴下污水一样。这个车站果然没太多人，除了我以外只有几个乘客匆匆下了车，消失在楼梯的拐角处。没过多久，列车就开走了，我抬头看到站台另一边破旧的牌子上写着T405，这时远处传来列车即将进站的鸣笛。

　　"你过会儿有一劫，只有做出正确的选择才能逃过。"

　　不知怎么的，我想起了那个算命老头的话来。坐上这辆车，下午就可以到达B市，在那有前乐队的鼓手黄之铭接我，这都是说好了的。但它同样也意味着我彻底告别了安逸的工作，辜负了父母的期望，不知何年何月才能回去。音乐并非一条不归路，起码在一开始不是，是渴望让人不停地走下去，无论是渴望梦想成真，还是渴望青春不羁。我这样想着，忽然脑子空白，像是梦醒的一瞬间便忘了梦里的内容。

　　如果我失败了呢？如果我落魄街头了呢？我会不会后悔今天的我坐上即将到站的列车？会不会向往那份安逸的

工作？

那老头说的没错，这的确是一劫，可能是我没有给钱的缘故，他并没有说清楚对于我来说哪个才是真正的选择。

列车并没有给我犹豫的时间，它到站了，停稳后车门便开了。

我突然听到了隐隐的雷声在阴沉的天空上盘旋，此时站台空无一人，只有一辆列车停在我的身边，等我上去或是等我离去。

我如同铜像一般立在列车旁。

在车门即将关上的那一刹那，我终于一把抓住扶手，一跃而上，突然觉得无比的轻松，轻松得像是卸下了什么重要的负担。

二

刚上了车，我就感受到了一股疲惫，没想到做出一个艰难的选择居然也如此费力。车开动的时候，我看到站台那里一个西装革履的年轻人背对着我匆匆地走了。

车厢里很安静，我一眼望去竟然全是和我年龄相仿的人，有些甚至看上去比我还要年轻，难道是哪个学校包了整个车厢去 B 市旅游么？不过空位还算多，很少见到有两个人挨在一起，他们看上去无精打采的，或许不是去旅游，而是去跨省联考。

我没再多想，为了方便检票员查票的时候我能以最快的速度躲进厕所，于是便坐在了离卫生间最近的一个位置上。

我把吉他放在了旁边的位置，对面是个女孩子，齐肩长发，此刻正托着腮帮子皱着眉头看着窗外，似乎是在回想什么事情。

太安静了，没有人聊天，没有人看电影，甚至连玩手机的人都没有，整个车厢里的人都在发呆，眼神空洞，像是丢了魂一样。这样的话，检票的来了，我起身的动静都会被发现吧？

拜托啊各位，你们到底是怎么了？就算真是一车厢的学生党被迫去跨省联考，也不必如此愁眉苦脸吧？年轻人的活力在哪？都闹腾起来啊！

我紧张地看着通道尽头的门，生怕检票员冷不丁地突然出现。对面的女孩收回了手，眼神飘向了我，但她只是简单看了一眼，就很快低下了头，眉头也依旧紧皱。

"那个……你好，你们这一车厢的人是一起的？"

"不是。"女孩抬头看着我，露出了惊讶的神色。

"为什么这么安静？列车长来这儿发过火？"

"没有。"

"我叫杨左，你呢？"

女孩偏了下脑袋，眼神一闪，却又很快恢复了刚才的平静。她并没有马上回答我的问题，而是这样盯着我，我脸有些发红，但觉得自己并没有说什么奇怪的话。

"黄梓菲。"

黄梓菲这样说道，然后重新低下了头，靠在椅背上。

真是古怪啊。我叹了口气，取出了吉他。那会儿刚上高三，一次逃课去了酒吧，藏在心底的柴火就被舞台上震耳欲聋的音乐给点燃了，后来去旧货市场花了一百多淘来了这把吉他。后来，一个懂乐器的哥们曾出两千要买，但我没卖。

我把手指放在琴头二品上，压住了三四弦。

《加州旅馆》的吉他声轻柔地从我指间传了出来，这首曲子很难弹，几根弦的转换颇为麻烦，弹和压弦稍有不注意就会破音。也不知怎么的，我居然下意识地弹起了这个曲子，没有一处破音，力道没有用重一次，像是 Eagles（老鹰乐队）附身一样。

"You can check out any time you like, but you can never leave⋯"

没想到黄梓菲居然会唱，她轻声哼唱着，我一抬头，看到她又托起了腮，望着窗外。我心一动，怔怔地望着她，指法却没乱。

咔——

通道尽头的门开了，我停下了吉他，一回头，看到了最不想看到的人——列车员。

我慌忙地把吉他放到了一边，女孩似乎还没有从吉他声中回过神，她疑惑的眼神中带着一些嗔怒。

来不及多解释，我连忙去了厕所。

我没有听到脚步声靠近，镜子中的自己穿着包里的红色T恤，上面印着滚石乐队的符号。不对，我明明穿着西服啊，这是什么时候换的？在候车室，还是在上一列列车上？我不记得自己换过衣服，我一低头，看到西裤也成了牛仔裤。

怎么回事？

可我来不及多想了，等了不到一分钟，我就听到脚步声靠近了，幸运的是没有停留，而是直接走了。过了会儿，我出了厕所，回到了座位上。

黄梓菲直盯盯地看着我，眼神中带着困惑。

车停了，大概是到了某站，我望向窗外，发现天依旧阴得厉害，但雨始终没有落下来。没人下车，过了会儿，列车再次发动。

窗外是荒芜的外景，看不到高楼大厦，自然也没有人烟。我这才发现这列列车是新路线，它行驶在一条孤独的铁轨上，连和其他列车匆匆擦肩的机会也没有。

一列孤独的列车，载了一车孤独的人，我有些想不明白了。

我再次弹起了吉他，还是那首《加州旅馆》，但这次黄梓菲没有再哼唱。车厢内静静的，列车驶过了一个隧道，我骤然陷入了黑暗之中，但吉他还在弹奏，声音温柔得像光一般。

下午的时候应该能到 B 市了，黄之铭会来接我。

"你的副歌那里一弦弹成了二弦。"黄梓菲突然说。

"只是……因为习惯而已。"我停下了吉他，"没想到你居然也很熟悉这首歌。"

"我不知道，或许是因为这首歌太有名了。你是吉他手吗？"

"嗯，我很渴望成为职业吉他手。"我不好意思地挠了挠头。

"所以那么执着，就算逃票也要去 B 市？"

"对啊，很渴望。其实今天是我工作的第一天，我本来是要去上班的。"虽然我是这样说的，心里却微微有些失落，像是有另外一个非要去 B 市不可的理由被我忘记了，"我看过一个电影，里面讲梦想这种东西，只要你的渴望足够强烈，就一定可以实现，那时候全世界都会来帮你。"

黄梓菲怔怔地看着我，漂亮的眼睛里倒映着窗外飞快倒逝着的风景。

"除此之外，你有没有觉得自己忘了什么东西？"黄梓菲突然说道。

"没有……"我有些犹豫，但手中的吉他却让我再次肯定了下来。

"你不该看见这列列车的，没道理，你明明记得自己的渴望。"

"什么意思？为什么我不该看到？你在说些什么啊？"

黄梓菲盯着我看了好一会儿，但又欲言又止。列车在孤独的轨道上向北驶去，依旧没有任何人烟。我去过B市，见过沿路的景色，但这条路线太过陌生了，没有穿过任何一座城市，每次停车都是在郊外，它似乎是在避开市区，就像一个决心要孤独到底的叛逆小孩。

列车再次减速，窗外依旧是荒郊野岭，直到快停下的时候，才贸然出现一个冷清的站台。外面的天空似乎始终憋着一股气，一直不肯发泄出来，它固执地阴着脸，没有落下一滴雨。不过行驶这么久了，难道全国天气都是这样吗？

这也太古怪了，我从未坐过这样的列车，不经过市区，车厢里安静得要死，过一会儿就会停下了，这一路怎么这么多的站台？

当列车再次发动时，黄梓菲说话了：

"检票员马上又要来查票了。"

我脸一红，但又不知如何反驳，只好再次尴尬地笑笑，放下吉他准备灰溜溜地去厕所。

"等下，下一站你必须下车。"

"为什么？！我是迫不得已才逃票的……"

"去你该去的地方，去你要上班的公司，回到……"

此时我已经听到车厢另一端的门打开了，来不及再说什么，我只是硬着头皮赶紧跑进了厕所。

为什么黄梓菲要我必须下车？我胡乱地想了会儿，依旧没有思绪，只好打开了门出来了。

刚出厕所，我一抬头，看到了一车厢的目光突然都聚集了过来，其中一双让我心头一颤——

列车员还没走，他就在我的座位旁，脸上没有一丝表情。

"我……我的票丢了。"

"车票？"列车员愣了一下，那表情看上去仿佛根本不需要车票一样。

"他什么都记得，让他走吧……他是人类。"对面的黄梓菲突然说道。

我一时呆滞住了，之前的一切古怪随即涌上脑海，一车厢沉默的人，许多的站台，窗外荒芜的景色。让我瞬间陷入不可思议中。

"你是怎么上到这列列车的？"

列车员冷冰冰地询问道，他继续逼近我，我不断后退，靠在了车厢后门上。

"我本来想去 B 市弹吉他，谁知道中转站的时候上错了车……"

"你记得？"

"记得……所以我现在能不能下车……我想去 B 市。"

"就算你什么都记得了，也不许离开！明明什么都记得却还要上车？来逛一圈就是为了告诉这列列车里的灵魂你什么都记得？我们被困在这里那么久！你凭什么说来就来说走就走？"

什么？灵魂？！我突然意识到，我大概是上了一辆错误的列车。

"列车长说过，记得了就可以离开！"黄梓菲为我辩解说。

"但他现在不在！"列车员的脸憋得通红，他把我从门上拉开，最后瞪了一眼，打开后门就走了，"更何况他是人类！"

"咔——"我听到了后门反锁的声音。

三

我沮丧地回到了座位上。

我倒是不怕这一车的灵魂，因为他们看上去不是太凶恶的样子，况且如果他们想要伤害我，怕是早就动手了，且不说别人，黄梓菲肯定是早就知道了。

　　不过，听列车员的意思，似乎这列车上的灵魂都无法离开。难道我上了一辆通往黄泉的列车么？可为什么这列车上只有和我年龄相仿的年轻人？

　　我把吉他放进了吉他包里，琢磨着下一步该怎么办。天色愈加阴沉，车厢内突然开了灯，这突如其来的光芒却显得有些冰冷。

　　"这到底是怎么回事？"我沮丧着脸问道。

　　"你知道吗，这辆车上的每一个人其实都没死，他们只是没有完成心愿，或是受到了巨大的打击，导致傻了或是昏迷了。这列列车让这些停留在人间的特殊灵魂有一个容纳之处，这列车上的灵魂都忘掉了自己的某种渴望。这列列车的路线很复杂，站台也很多，它在这个世界中一遍遍循环行驶着，如果谁到了某个站台想起了自己该下车了，所要追求的东西就在这儿，就可以走了，就可以回到自己的身体里。只要下对了车站，很快就能彻底想起自己遗失的记忆。"

　　"真的可以完成吗？"

　　"我不知道。"黄梓菲摇了摇头，"毕竟我也刚上车没多久，也没有见过谁下车。"

　　"之前有过人类上车的事件么？"

　　"没有。"

　　"那我去问问其他人……"我起身准备回过头问问后面

的那个少年，却被黄梓菲拉回了座位上。

"我劝你不要去，他们都在努力想起，聆听自己处于昏迷或沉睡状态的肉体所听到的声音，他们都可以听到一些的。这列列车本来就是不该存在的，来这儿只是一个机会，但大多数灵魂都没法离开，等身体一死，灵魂就消失了。"

"那你听到的是什么？"

"我什么也听不到，偶尔会听到一个男生温柔的呓语，大概只有能打动灵魂的声音才能被听到吧。但我不知道他是谁，也依旧想不起该在哪个站台下车。"

我沉默了。

"我到底会被怎么样？"

窗外传来隐隐的雷声，憋了半天的天空终于下起了大雨，天色一下子暗了下来，乌云从天空深处透了下来，压向荒野。

"我不知道，列车员可能去找列车长了吧。"

灯突然灭了，列车哐当一声，整个车身都摇了一下。我感觉到车速缓了下来。不是刚开车没多久么？在黑暗中，我只能隐约看到对面的黄梓菲，她眼神突然一亮。

"我估计天气不好，前面塌方了，这是机会，你从窗户跳车吧！"

的确，虽然看上去是挺危险的，但总比留在这列列车里强，万一列车长有什么吸魂的嗜好……

即使是这样的突发事件，车厢里也没有出现慌乱，所有人都依旧安静地坐在自己的座位上，思索着为何而来的问题。我拿起自己的吉他，小心翼翼地打开了窗户，雨点一下子喷了进来，哗啦哗啦的声音像是越狱的警报。

我把窗户开到自己勉强可以钻出去的大小，这时车速减到了很慢的地步，我狼狈地翻了出去，雨水很快淋湿了我的衣服，最后一跃跳在了路边，一身的泥泞。黄梓菲不忘帮我把吉他从窗户递了出来。

"谢谢。"

"快走吧。"

黄梓菲匆匆地说道，然后关上了窗户。我望了望南边，决定去往上一个站台。雨还在下，我顺着铁轨吃力地走着，冷得发抖。真是倒霉，非要侥幸逃票，结果落得如此下场，这世上果然没有可以随便占的便宜。

我掏出手机，发现早就进水了，这下打不了电话，怕是没法通知之铭了。

明明不算太长的距离，现在在我看来终点像是在世界的尽头，荒野在风雨中发出呜呜的声音，显得凄凉又阴森，这本来就是一条不归路，对于灵魂来说是，对于我来说，去B市也是如此。但不同的是，我有渴望，我的吉他此刻正好好地背在背上，每根琴弦都能弹出我爱的声音。可心里还是有些空，像是胸腔里始终有一股难过的空气，呼不出来，也消化不了。

B 市非去不可，我这样对自己说道，然后挺起腰继续向不远处的站台走去。

四

半个小时后，我拖着疲惫而又狼狈的身子到了站台，所幸这个小站台没有人，我翻过栅栏，偷偷溜了上去，然后一下子瘫在了长椅上。

站台上略显空荡，只有远处有几个人靠在墙上，低着头等车，卖水果零食的商贩都懒得在这个烂天气里出来。我舔了舔嘴唇，感觉有点饿了。

"呜——"

我听到列车从远处传来的鸣笛声。坏运气刚才应该都用光了，希望这次可以顺利逃过票，快点到 B 市。不一会儿，车就缓缓进站了，绿皮在雨水的冲刷下显得也像一个匆匆的旅客。

我起身，毫无防备地走向了车门，没有列车员站在门口查票，我顺利上了车，车门在我上车后就关了，我有些奇怪，这又不是动车，居然还能自动关门？不等我多想，列车便又上路了。

我打开了车厢门，一抬头，心脏一阵抽搐。

黄梓菲吃惊地看着我，眼神中充满着不可思议。此时车厢里的灯早就亮了，几个人回头望了望我，又重新回过了头。

我右手脱力，吉他一下子从后背滑到了地上，从包里发出了"喷——"的破音。车已经开了，车速越来越快，一会儿列车员又会过来，这次我是没有机会再逃跑了。但这也太诡异了，我明明是冲相反的方向走，为什么这辆该死的列车还会被我坐上？我只是想去繁华的 B 市弹自己的吉他，我只是想去完成梦想，我只是想站在舞台上享受掌声和音乐，为什么，为什么会这样？一次又一次地被这辆灵魂列车困住？

我心里那团难过的空气被点燃了，我突然憎恨起了这一车厢的死寂。我望着一双双望过来的、无动于衷的眼神，气急攻心转身跑到车门口，狠狠地踹着。

"我要下车！来人！我要下车！给我把门打开！"

"杨左，你不要这样，总会有机会再逃出去！"跟过来的黄梓菲拉住了我的胳膊。

可胸腔的那股难过像是不灭的火，始终在燃烧。它仿佛已经顺着脊梁烧进了我的脑海里，将有关它的一切都毁之一炬。

我喘着粗气，停了下来，绝望地靠在车壁上。

这时，车厢门"咔——"地一下打开了，我连头都懒得转就能猜到，列车员又来了。

五

"列车长不在车上，所以你不能离开这车，要等他回来才能下定夺。"列车员似乎还不知道我已经离开过一次，"你怎么湿透了，开窗户了？"

我没说话，只是捡起了吉他。

"列车长会把他怎么样？"黄梓菲颤着声问道。

"谁知道呢，或许会让他灵魂强行分离，也或许把他丢到荒郊野岭。"列车员走到了车厢里，言语间没有太多的感情，他顿了顿，又用更加冰冷的声音说道："我嫉妒你这种人，活着，可以去外面的世界，可以追求自己的理想。不过我已经到这个车里面了，长久以来我也在思索我到底在渴望什么，追求什么，但没有用，想不起来。或许是因为我的的确确是做不到，所以我想通了，当了列车员，跟列车长表明了我愿意放弃离开的机会。"

"混蛋！"我一拳打了过去，列车员猝不及防，差点摔倒。

我看到一张惨白的纸从他兜里掉了出来，它像是单翅的蝴蝶，转了几个旋，落到了我的脚边。列车员似乎没有发现，他整了整衣袖，并没有还手，而是高傲地一笑，转身要走。

我捡起了那张纸，这是张高位瘫痪的证明，彩色一寸照片上的列车员脸色苍白，可笑得却很开心，我看了眼照片下面，原来他叫林则。

可不等我把这个证明看完，"把那东西给我！"伴随着列车员羞怒的声音，他突然向我撞来，把我撞飞了。

我一下子摔在了地上，感觉肋骨都快被他撞断了。

列车员面色凶恶地一步步靠近我。

黄梓菲想要阻止他，却被他一把推回到了座位上。

"其实，你什么都想起来了，对吧？你知道自己该在哪里下车，对吧？你只是不愿意下车。外面也有你深爱的人吧？你只是怕自己成为负担，甚至成为笑柄，对吧？"我强忍着疼痛说道，心里的那股难过的火依旧在燃烧，"你缺少的只是渴望。"

车厢突然陷入了死寂，所有人的目光都聚在了我和列车员的身上，带着可怜和畏惧。

"没错。"列车员停在了我的跟前，他攥紧拳头，像是随时都会爆发出来，"我就是缺少你所说的那种渴望。"

我和他久久地对视着，彼此望着对方的眼睛，又从对方的双眸深处看到了自己，相互肯定着，又似乎在相互否定。我想，如果我成为一个灵魂，我是否真的可以去面对自己的生活，面对缥缈的未来，面对父母，面对摇滚，面对跟了我多年的那把破木吉他。或许他也这样想着，想着自己如果出去了，是否有勇气承担那份痛苦。列车又冷不丁地钻进了隧道，被挤压的空气猛烈地撞在坚硬的石壁上，发出了急促的风声，灯又亮了，可依旧没有人感受到一丝温暖。

"让他走吧。"黄梓菲突然说道，我看到眼前的这个姑娘在颤抖，眼里似雾的困惑似乎被什么给拨开了，"我愿意留下来当列车员，放弃离开的机会。"

"不行！"我失声道。

黄梓菲没说话，她看也不看我，只是低着头，长发顺着肩头滑下，遮住了脸。

"下一站，你下车。"列车员看都没有看黄梓菲，他始终盯着我，最后缓缓说道。

一股奇怪的力量将我紧紧束缚住，我动弹不得，被扔回到了座位上。列车员整了整帽子，头也不回地走了。车厢里隐隐传来小声的议论，而我却沉默了，像只木鸡一样坐在座位上。黄梓菲把我的吉他从包里拿了出来，用自己的衣角将水擦干，然后抱在怀里，用食指从头到尾划过整根一弦，在我眼前，弹了起来。

还是那首《加州旅馆》，她弹得也很娴熟，节奏却刻意放缓了，听上去有些抒情。这声音似乎温柔掉了外面的雨，让整个车厢满是这温柔的吉他声，前奏过后，她再次开口唱道——

On a dark desert highway

Cool wind in my hair

......

　　这列神秘的列车在雨中快速地飞驰，它漫无目的地奔向远方。迷茫的外人想进来，痛苦的旅客想出去。我眼眶一湿，突然哭了，可我却不知道自己为何而流泪，似乎是有什么悲伤的事情，但我却一时想不起来了，只有眼睛遵循着内心的意愿，发泄着它无法承受的痛苦。

　　"我们认识，对不对？"

　　黄梓菲没说话，依旧在弹副歌，她纤长的手指不停地更换着品位和弦。

　　"不要这样好不好，你不是说我们还会有其他方法出去吗？你和我，都会出去，到时候我请你去酒吧喝酒，可能你会不记得了，但我想，或许那天你大病初愈，而我正在台上弹吉他，全酒吧只有你听出我副歌那里一弦弹成了二弦，然后我们就认识了。"

　　可黄梓菲还是不说话，她继续弹着吉他，弹过我弹错的那一声，继续切换品位弹了下去。

　　"你也在渴望什么对吧，你也有未完成的心愿对吧，所以不要说什么永远留下好不好？"

　　"我想帮你离开这里，我想让你继续回到舞台上。"黄梓菲抬起了头，她在泪中笑了，"也不知道怎么回事，我很喜欢你的吉他，喜欢这首歌，说不准我也是个吉他手，我忘掉的就是你记得的梦想，只是我还是想不起我该在哪里下车。"

外面一声炸雷，吉他声骤然停了下来。

六

灵魂列车终于稳稳地停在了下一站，不管我如何挣扎，列车员还是把我扔了下去。

下了整整半天的雨，天空终于放晴了，蓝天在乌云间显露了出来，虽然依旧看不到太阳，但弱弱的阳光普照在站台，隐隐还是有些温暖。

站台依旧空无一人，我看到几个遗忘掉梦想的灵魂落魄地上了车。

电子显示屏上显示着这一站是 B 市。

车门关了，过了会儿，列车继续驶向了迷茫的远方。

我发了会儿愣，望着列车越来越远，恍然间脑海中又浮现出了黄梓菲的样子，一时竟然忘记我此行的目的。

列车最终消失在一片淡薄的阳光中。

来此处等车的人逐渐多了起来，卖小吃零食的推着车子也上来了，人们背着大包小包，或许是因为孑然一人，我站在人群中，猛然有些无所适从。

穿过地下道，我来到了出站口，检票员没有找我查票，我低着头穿过，抬眼看到黄之铭正焦急地站在不远处张望。

我急忙跑了过去。

"之铭，让你等这么久，真是不好意思。"我勉强笑着和他打着招呼，但他似乎没有听见。

"之铭，我在这儿啊！"

等我走近，他还是没有反应。

"你看哪儿呢？"我笑着拍向他的肩膀，但我的手却穿过了他的身子。一股冰冷感瞬间蔓延我的全身。

我无助地看着站在我眼前的之铭，他在这一波旅客中搜寻的目光，渐渐变得失望，最后走开了。

嘈杂人海中，人们相互告别，然后相忘于江湖。火车站顶部的钟"咚咚——"地响起，收取着消散或结束的故事，像个不食人间烟火的谛听兽。

灵魂列车只有灵魂可以上去，他们会忘掉一些东西。B市的北风呼啦啦地吹过，"咚咚"的钟声敲了十一下就停了，B市，黄之铭，吉他，这些关键词刺激着我的大脑。我摸了摸自己的胸口，原来自己一直都是灵魂。

"算命了，祖上三代算命先生！"一旁不引人注目的地方，传来熟悉的声音，我抬头看到了之间见过的那个算命老头。

"小哥，来算一卦？"

他能看到我？我一惊，走了过去，坐在了那个小凳子上，老头嘿嘿一笑，也不急看相摸骨。

"下车了？"

"嗯，我很凑巧地下对了车站。其实我就是灵魂，虽然我不知道我为什么没有意识到这一点，我中途逃跑却又回到了列车上，是因为我下错了车站。"

我什么都想起来了，想起了黄梓菲，想起了这一切的缘由。在中转站的时候，我所看到的那个西装革履的年轻人，其实就是我自己。

"都想起来了？"

"嗯，梓菲和我提出了分手，然后不幸出了车祸，她哥哥黄之铭来接我其实是为了带我去看她的。她和我的吉他是绑定在一起的，全世界……都会帮我，我的世界不就是她吗？"

我垂着头，却又产生了疑惑。

"但她怎么会在灵魂列车上。"

"傻小子，她只是不敢面对没有你的世界而已。女孩子说分手，等的不是你的一句'嗯，好'，而是'我还喜欢你'。"

我一愣，突然间又想起我临走前她说的话来。

"其实，我在火车站那里是准备告诉你的，但你走得太急了。"老头从兜里摸出了一根烟，然后自顾点上，"所以我的列车上才会出现个不知道自己是灵魂的灵魂。"

"你是列车长？！当时你明明想骗我钱好吗？你那么像骗子谁会信啊！"我跳了起来。

"不是说人在迷茫和犹豫的时候，都容易轻信算命先生吗？"老头不好意思地挠了挠头，"那下次我换个身份好了，可惜了，算命先生这个身份之前还能捞笔外快的。哎，现在的年轻人真的不好搭讪了……"

"点到为止，我该送你回去了。回到自己的身体里吧，既然什么都想起来了，就去做正确的事情吧。"

"喂！那我怎么才能让黄梓菲想起来？"

老头不等我再说什么，就冲我吐了一口烟圈，我的视线开始模糊，突然感觉自己被一股莫名的力量强行拉扯着，以极快的速度穿过人山人海，穿过大街小巷，最后眼前一黑，停了下来。

七

等我再次醒来，眼前的一切陌生无比，身边的人穿得西装革履，看样子是个办公室。我低头看了眼自己的服饰，是早上出门时候的西服领带。吉他就在我的怀里，我一摸，还是湿的。

"小杨，你上了个厕所回来怎么多了个吉他？"

"哦……落在那了，一直忘取了。"

"策划方案写完了吗？"

我一抬头，看到电脑屏幕上正显示着的策划方案，恍然间，所有的记忆猛地涌进了我的脑海里，这个策划方案就差一个报价了，最后一个字的后面跟着闪烁的横杠，而我却连补上一个句号的心思都没了。

"怎么回事？刚才工作的时候多认真，现在怎么跟丢了魂一样？"

"我不是丢了魂，我是魂回来了。"

来不及多解释，我拿着吉他就冲出了办公室。

"喂！你去哪儿？还有一个小时才下班呢！"

出了公司，我很快打车来到了火车站，买了张最快到 B 市的票，这次一切正常。

第二天早上，我到了 B 市，之铭早就回去了，但幸好这里的一切我都很熟悉。之铭早就跟我说过是哪家医院，并不是太远，到了之后查了查前台，就得知了黄梓菲的病房。

上了二楼，我打开了那扇门。

病房里很安静，窗户和白色的窗帘被护士全都打开了，阳光穿过被昨日的雨水冲洗过的空气，照到了白色的床边，这里的一切都苍白得有些刺眼，床上熟睡的黄梓菲正在输液。

我询问过护士，她只是陷入了昏迷，但何时醒来依旧是个未知数。

我坐到床边，轻轻握起她的手，然后在自己的脸上摩挲着，她曾经就爱这样摸我的脸，在我每次说我要成为最棒的吉他手之类的大话的时候。

病房的门再次被打开，我转过头，看到了之铭。

"你来了，好好陪陪她吧。"

其实黄梓菲之前听到的呓语，就是她哥哥的吧。我把吉他抱在怀里，把双手放在熟悉的品位和弦区，轻轻弹了起来。旋律是她弹时的温柔，缓缓的，就像当初那样，似乎非要催人泪下不可。

"这首曲子不是你和菲菲最爱听的吗？我记得有段时间，你天天去她寝室下面弹，其实在你第二周去弹的时候，她就会唱了。"

黄之铭叹了口气，把门关上便走了。

"梓菲，是我啊，我刚下车，你也别坐过站了。"

"其实你几乎就要想起来了对吧，在列车上，你听我弹吉他的时候，你弹吉他的时候。"

"梓菲，我还喜欢你。"

我眼眶一湿，默然不语，吉他声在指尖流出，像一只温顺的猫，偎依在黄梓菲的身边。

八

接下来的一个月，我奔赴于酒吧和病房，兼职着两个临时乐队的吉他手，空闲的时候陪着黄梓菲，只弹那首吉他曲。但她依旧没有醒来的迹象，我不知道在遥远的灵魂列车上，她是否听到了这首吉他曲。

十月末，一天，午后。

这天我照常去那家酒吧，因为其他人没有来，而酒吧已经有人在嚷着要听歌，于是老板只得把我推上了台。灯光从天花板上照了下来，恍惚间我似乎完成了那个在舞台上独奏吉他的梦想。

她还好吗？是否醒来了？

我这样想着，学着她当初的样子，用食指划过整根一弦。清脆的吉他通过音响淹没了酒吧，完美的节奏让我的灵魂似乎都产生了共振。我听一个前辈说过，不是每个人每时每刻都能感受到音乐的存在，那种存在感往往可遇不可求。因为音乐是有生命的，只有灵魂才能感受到它苏醒的时刻。

只是我还没有等到我要等的姑娘。

"你副歌那里一弦弹成了二弦。"

我猛地抬头，看到一个姑娘正在靠里的位置上托着腮，冲我微微一笑。

末日时期的爱情

一

我梦见了阿浅，她在悬崖上背对着我。

天空上的乌云蠢蠢欲动，空气中飘浮着不安分的灰尘，悬崖之下的高楼大厦耸立在盆地里，如同一簇簇僵死的竹笋，充斥着灰色的格调。

我听见了风声、雷鸣，还有悬崖下隐约的哭喊声。我一步步走近阿浅，想把她抱进怀里。

可风声越发凛冽，雷鸣随着闪电轰然而下，大地在震动，我的后路不停地向下坍塌，盆地里的哭喊声也越发凄厉，仿佛人间地狱一般。

"悬崖上只能留一个人。"

阿浅终于回过了头，笑着，流着泪对我说道。

二

我跟将军说我要回去。将军先是一愣，然后就一巴掌扇了过来。

"看什么！干活！"将军骂骂咧咧地指了指不远处几个看热闹的，然后又指着我说，"干活去！再提回去，老子打断你的腿！"

我悻悻地又回到了工地，然后抢起锤子，狠狠地把钉子砸进了脚下巨大的元件里。

"想回去换你未婚妻过来？"

老李停下手中的活，偷瞄了眼将军那边，悄悄问我。

今天是 2052 年的 10 月 30 日，离浩劫那天还有不到两个月的时间。前年是我退役后的第一年，那时我已有了未婚妻，有了份较好的工作，还买了套房子，小日子过得很是滋润。

可将军还是把我拉了过去，当时他死活不肯讲原因。我父亲是将军的战友，在和毒枭发生冲突时不幸殉职了。后来子承父愿，我当了兵。虽然将军总是有意提拔我，可我实在不是当兵的料，各种训练成绩倒数，唯独逃离特训的时候表现优异。老兵们总是笑话我是天生的逃兵，上不得战场的。

那年夏天，将军把我分配到了第三基地。这里的工作枯燥无味，我们成天捶打一些不认识的奇怪元件，与世隔离，

194

阿浅只能每隔 4 个月来看望我一次。

在工作了大半年后，将军才告诉了我们真相。

两年前，23 位顶尖地质学家秘密联名给联合国递交了一份勘察数据。超级电脑以这些数据做基础，构建无数个模型并进行了长达一天的精确演算。

一个结论摆在了人们的面前——2052 年 12 月下旬，12 级大地震会同时在全世界爆发，太平洋和印度洋的海水会淹没绝大多数大陆。庆幸的是喜马拉雅山脉被证明是最好的庇护所，海水涌到那里时，高耸的地形最适合当挪亚方舟的码头。

所以包括珠穆朗玛峰在内的三座高峰很快被秘密炸开了，各国出资在那儿修建了极为宏大的三个港口。2052 年 12 月 21 日，会有三艘挪亚方舟从这里载着人类最后的火种起航。

不得不说将军爱兵如子，知道基地工人也能拿到次等舱的船票，就立即把自己的旧部都招了过去。当然，因为我父亲的缘故，我也来到了这里。

这里的活算不上累，起码比以前的训练要轻松太多，所以我们十几个人算是捡了个活命的机会。

可我不能让阿浅也死于这场浩劫，末日名单中不能有她的名字。我想一命换一命，把我的票给她，把悬崖上存活的位置留给她。

但将军的一巴掌直接否决了我的决定。

三

挪亚方舟最后一批元件终于可以去验货了，将军准了所有人三天假，活动范围是方圆十里。方圆十里其实完全被隔离了，很难有什么人能进来，除非拥有特殊通行证，也就是船票。

下午的时候，我和老李在珠穆朗玛峰半山腰的基地门口喝酒，这里的士兵也撤了。三天后世界上所有的元件就会聚在这里，庞大的挪亚方舟会在一个月之内拼好，那是人类唯一的希望。

老李是个货真价实的特种兵，最近突然和我关系好了起来。他瞄了眼悬在半空的挪亚方舟骨架问我："你还琢磨着出去，让你未婚妻进来？"

"戒备这么森严，我怎么出去？"

我的眼前是连绵的山脉，它们延伸到了我看不见的远方。借着这一点，苍穹的宏大才完全体现了出来。此时阳光正好，天空湛蓝，白、蓝、金三种颜色和谐地混在一起，像是一道天然的屏障，隔绝了一切。突然间，我觉得就算这三艘挪亚方舟全都建好了，在这片苍穹之下也是芝麻大小的存在。一种无力感从我内心深处蔓延开来，我怎么逃走呢？眼前是死亡禁区，身后又有重兵把守，唯一的通口卡得很死。

"我这里有份排水系统的地图，你顺着管道可以出去的，我算过，附近正好是将军的车库。我看过你档案，你的逃离水平很好，应该没问题。"

我握着酒杯的手突然僵住了，喜马拉雅山脉深处吹来徐徐的冷风。

"为什么帮我？"

"出去之后把我的票给我老婆，让她一个月后进来找我。如果我们出去了，将军就一定会把你的票给她们，将军那人你是知道的，刀子嘴豆腐心。"

"你曾说过你未婚妻在上海，现在铁路已经开始封了，她能过来我们却不能过去。昨天最先撤下来的民工是顺着高速公路返乡的。而我老婆就在拉萨，她过来问题不大。"

"也好。"

"她的地址我会给你，你准备回上海？"

"嗯，因为那里是我的家。"

眼前的云海沉寂在山头，阳光见缝插针地射下，一个个光柱从上到下笼罩到了山脚，风吹动了上面覆盖了万年的雪，喜马拉雅山脉像是被披了一层耀眼的流金。

我怕夜长梦多，于是把行动时间就定在了第二天晚上。

顺着地图找到排水系统的大致位置，避开巡逻的士兵，撬锁，拆除定位器。因为这条线路的守兵本来就很少，于是我很顺利地就逃了出来。2052 年 10 月 31 日，我开着将军的车，离开了这片方圆十里的土地。

四

高原上的清晨通常带着神圣的美感，但现在天还蒙蒙亮，远处有狗吠声传来。西边的天际是诡异的墨蓝色，我头顶的残月悬在墨色的星空上，它被来来去去的云半遮半掩，像一个匆匆东去的行者。

这大概是最后的黎明之一了，我听将军说 11 月上旬地球的自转速度会骤然降到零，全球会发生极昼和极夜现象。

在驶进高速公路的时候，东方的太阳终于缓缓升起，顿时，璀璨的光像一汪汹涌澎湃的海，猛地涌向了我，淹没了高原。

我掏出手机，按下了那个熟悉的号码。

"喂，城光？"

"嗯，是我。能过来看看我吗？"

"真的可以吗？不是四个月才能探望一次吗？"

"工期缩短了嘛，快过来吧，过段时间我们会很久都见不到了呢。"

"好吧，今天我就去买票。你们到底在修什么啊？难道是……"

"亲爱的，你想多了，这次你过来就知道了。"

阳光从东方直照了过来，公路上满是耀眼的金光。阿浅絮絮叨叨地又和我说了许多事，我静静地听着，偶尔插上几句。

近7点的时候，我和阿浅结束了通话，忙音的响起让我顿时有些无力和恐惧。但还好有璀璨的阳光不断地照下，一层又一层，一遍又一遍，温柔得如同记忆中阿浅柔软的手。

眼前的公路回折延伸到了东方极小的一个点，如果鸟瞰下来应该会如九曲黄河一般。路旁是一望无垠的草原，靠近公路的地方还开了好几朵淡黄色的花，它们在风中摇曳，每个花瓣都融在了金黄的阳光里。

铃声响了，我一看号码是军用的6位数，那应该就是将军了。

"你快给老子滚回来！今天小张在值班，速度点，晚了上面查下来就不好进……"

"不，将军，我不会回来的。"

"你这是在往万丈深渊里跳！你死了我怎么向你父亲交代？"

"她死了我没法给自己交代！"

"少废话！快给老子回来！"

听到将军语气强硬，我顿了一下，迫不得已只好说："将军，她……有了，一人两命，您就同意吧。"

那一端沉默了一阵子，我忐忑不安地等待着。

"当真不回来了？"将军强硬的语气中有了一丝低沉。

"嗯，帮我照顾好她。"

将军没再回话，沉默了片刻，他便挂了电话，我的耳中又是一阵忙音。这时正好驶来了一辆长途重卡，我随手就把手机抛了过去。

其实将军说的没错，我的确是在跳向万丈深渊。可我不可能再回头了，纵然会像我的手机一样粉身碎骨，我也会义无反顾地跳下。

五

这是第四天，我顺着高速公路一直向北，一路上走走停停。有时候我会开一整天的车，有时候也会在路旁的草原上发呆很久。公路上，摩托车逐渐多了起来，他们大多是最先撤下来的民工，其中有些和我打过照面。

"杨哥，你也提前被撤了？"一个眼尖的青年追上了我的车，问道。

"嗯，想老婆了。"这人是小张，以前工期紧的时候替我买过酒的。

每当遇到一个岔口，总有一两辆摩托离开队伍。我见他们一味地向东、向北、向南，脸上满是领完工资提前回家的喜悦。这些人并不知道唯一的生存希望正在离他们越来越远，太平洋的海水会在两个月后淹没他们的家园，他们无处可逃。

傍晚的时候，我和几个舍不得去投宿的民工在路旁的草地上支了帐篷。我车的后备厢里正好有一个野外烤火架和小半袋木炭，小张又从蛇皮袋里掏出两条羊腿，其他人则凑了好几瓶烧酒。

烤羊肉加烧酒，夕阳西下，孤烟袅袅。我看见天空被勒得发紫，仿佛有一双粗糙的大手攥紧了人类的呼吸，那里满是将要窒息的征兆。

六

早上，我们又上路了。

眼前厚实的云层被撕开了几个大口子，金色阳光从中泻下，如同洪水，淹没了草原和公路。远方有几座不知名的雪山，此刻正仿佛流金披彩，巍峨又缥缈，像一个个"不动明王"，让人无法靠近丝毫。

小张他们的摩托大队在前面开道，因为熟悉地形的民工有时能找到捷径。虽然现在已是十一月份，天气却不冷，反而有初夏般得清爽。远方天空干净，如纱的薄云轻披在那，可唯独太阳有些偏大，耀眼得让人不敢直视，仿佛是藏了什么不祥之兆。

"咔。"眼前的视线突然地向下斜了一些，军人的直觉让我急忙踩下了刹车。

"轰。"轻微下陷的地平线骤然崩溃，前方的摩托大队一时并没有反应过来，几辆摩托车打着滑消失了。男人的尖叫声、粗糙的引擎声、金属的摩擦声充斥在空气中。大地在震动，空气中翻滚着惊悚的热浪，我竭力踩着刹车，可车却依旧停不住地向前。

当一切又回到了最初的寂静时，我的车才终于停在了离天坑不足一米的位置。那是一道下陷的口子，半径超过十米。口子边裹着沥青的石子不停地往下掉着，耀眼的太阳如同上帝的独眸，一动不动地悬在半空，望着这一切。

小张和他的蛇皮袋子一起掉进了深渊里，还有他的伙伴们和他们新买的摩托。对面的悬崖边上有幸存的民工在呻吟，血从他的腿上汩汩流下。

我开始拼命地倒车、倒车，前方的深渊里升腾起一股无息的恐惧，将我狠狠地裹住。死并不可怕，可怕的是明知是死却又不得不踏上这条不归路。

我一路倒车到了上一个岔路口，匆忙中打了120。我承认自己的懦弱，我趴在方向盘上，细细地看着手中阿浅的照片。

末日的血红色，决不能由她的血来涂抹！

悠长的鸣笛声由远及近，于是我深吸一口气，拐进了那个岔路口。

不远处，"拉萨30里"的指路牌垂垂欲坠。国道上就这孤孤单单的一辆车，于是没过多久，"拉萨30里"就被甩了好远。

我来不及悲伤，因为我和老李的计划还差最后一步。

七

我来到了拉萨。

拉萨市内依旧繁荣，但老李嫂子所住的小区并不大，仅由六七排十几层结实的高楼构成。

我走进了某一栋楼。可能是年久失修的缘故，顺着电梯向上一直透着一股霉味。墙壁上的墙皮也脱落了不少，小广告贴得到处都是。

老李说这房子是租的，他老婆为了有空能见他特意来这工作。可惜这个想法太单纯了，他们这两年来见面也不超过10次。

开门的正是李嫂，以前她来基地探望老李的时候和我打过招呼。

"小杨，喝茶。"

"谢谢。"我接过茶，却没有立即喝，而是看着不停翻滚的茶叶，说道，"嫂子，李哥叫我来是为了让你拿着通行证去见他，过一段时间有个很长的工期，以后可能很难见面了。"

"到底是啥呀，搞得这么神神秘秘的。真是的，居然还麻烦你过来送证，要不留下吃个饭吧？"

"不了，我还有事情要办。"我掏出船票，小心地放在了桌面上，"嫂子，这个通行证一定要保存好，我先告辞了。"

随后，我没有片刻停留，直接离开了这里。

车又开在了向东的公路上，孤孤单单的，没有烤肉也没有烧酒。

等到了拉萨市边缘处，太阳在恍惚间又如之前那样耀眼、沉默。

此刻，街道上人来人往，叫卖声络绎不绝。可有那么一瞬间，一切似乎都静了下来。

一条裂痕从左边的街道上猛地裂开，它迅速蔓延，无头无绪，如同潜行的巨蟒，不断翻身。

大地在震动，地基在隆起，慌乱的人们四处逃逸。汽车相撞，低矮的楼房轰然倒下。我开着车向东疾驶，像是一只亡命的野狗，在快要坍塌的楼房间，在被上帝撕开的裂痕旁，横冲直撞，一路逃窜。

就这样，地狱的歌谣尾随着我离开了拉萨。我不敢回头，而眼前则又是那该死的蓝天白云，仿佛人间的灾难都与它们无关。

我一路向东，直到傍晚，才停车休息。

在路边休息的时候，我突然想起了珠穆朗玛峰半山腰基地口的老李，嫂子在市中心应该没事，下个月她就会过去，可能他们见上一面就会立即分离。我又想起了阿浅，和她上次见面是在基地外面。我后悔没有好好摸摸她的头发，我应该把她抱紧，让她融进我的怀里。

此刻，夕阳正悬在西方的地平线上，如同血染。迷失方向的秃鹫在枯寂的余晖中盘旋着，偶尔一声长鸣，惊得野鸟四起。天空上布满向东的缕缕细云，那是大风刮过的痕迹。

淤积了多日的思念终于在今天喷涌而出了，我号啕大哭，卧跪在地，眼泪模糊了视线和鼻头草的清香。

我的心在抽搐，恐惧和孤独仿佛把我逼到了世界的逼仄角落里，可我不能回去，因为悬崖上只能有一个人，阿浅或我。

这一日的夕阳最终还是没有落下，北半球的极昼日终于在秃鹫的呼唤中来临了。当然，迎接它的还有拉萨的两场不小的地震。

八

我提高了车速，不顾一切往东冲。

随着极昼日的到来，时间似乎永远定格在了夕阳时分，太阳一日划过的痕迹也不过小半个天空。

我这几天一直在回忆我和阿浅的故事。我和她相遇于上海，如果不是前年我被紧急调到第三基地，我们应该结婚了。阿浅是一个很美的女孩，她留着披肩长发，喜欢穿碎花短裙，皮肤白皙如同清晨时分珠穆朗玛峰上的雪。

可能是被末日景象所渲染的缘故，每天休息的时候，我都会喝得大醉，不停地念着阿浅的名字。也只有这样才能压下我心中的恐惧，因为在喝醉的时候，我便不再惧怕任何事情，包括死亡。

今天，广播又传出了最新地震灾情。

"11月15日，北京时间7点30分，上海发生6.3级地震……"

末日终于来临了，而这些地震都只是这场末日终结曲的前奏。

九

11 月 20 日，我终于来到了上海。

这座被称为魔都的城市有太多的传说，比如郊外鬼宅，比如上海沉没。

如今后一个传说终于快要成为现实了。

在进城的高速公路上，到处都是龟裂的口子，细细长长，密密麻麻，如同一条条刀疤。市内已被一场地震毁掉了生气，街道上很少有什么人。零零落落的几辆逃难的车奔驰而过，留下了超标的尾气和飞扬的灰尘。

我和阿浅的家在金山，那里面朝大海，是顶楼。一路横穿了大半个上海，在午夜时分，我终于到了家。

一切都和记忆中的一样。鞋架旁的红色高跟鞋斜倒在地，阿浅乱脱鞋的毛病似乎一直都没有改过来。客厅也有些凌乱，吃过的薯片还剩半袋放在茶几上。

我轻轻地走进每一个房间，没有碰任何东西，我想让这一切都停留在阿浅最后离开时的样子。我来到了阳台，打开了音响，跳到了最后一首曲目。现在是深夜 11 点 50 分，窗外夕阳正好。

把每天 当成是末日来相爱

一分一秒 都美到泪水掉下来

不理会　别人是看好或看坏

只要你勇敢跟我来

爱　不用刻意安排

凭感觉去亲吻相拥就会很愉快

享受现在　别一开怀就怕受伤害

许多奇迹我们相信才会存在

死了都要爱

不淋漓尽致不痛快

感情多深只有这样才足够表白

死了都要爱

不哭到微笑不痛快

宇宙毁灭心还在

……

咖啡厅、游乐场、外海滩，只要在记忆中阿浅去过的地方，我都要再去一次。我想象着她就在我的身边，噘着嘴说咖啡太苦，叉着腰说要去坐摩天轮，伸着手说那里才是海的方向。我从未这样地思念过她，巨大的孤独感依将我笼罩。

就这样，我思念着阿浅，一直熬到了十二月份。

年末时的上海依旧不冷，街道两旁的法国梧桐还很翠绿，但街上一片狼藉，被毁的建筑堆积在路上，无人清扫。上海似乎已经不是上海了，它开始荒芜，如同一座废城。

现在阿浅应该快要登船了，她或许早就哭闹过了，她或许也在日不落的珠穆朗玛峰上大喊过我的名字，或许她还向悬崖峭壁下张望过，看是否有我纵身一跃时的身影。

十

2052 年 12 月 21 日。

这一天我一直待在家里，外面的教堂顶端挂着巨大的钟，那里有一群歇息的野鸽子，它们似乎也在等待着什么。

这个世界即将毁灭，没人会为我做最后的祷告，我所在的小区也会在一片灿烂的夕阳中被掀起的海浪淹没，并就此沉没。

我端着一杯红酒，望着西面不远处的钟。分针带动时针缓缓向那个时刻移动着，沾满血红夕阳的鸽子从我眼前飞过，不一会儿就到了触目不及的远方。

阿浅见我深夜喝酒一定会夺下酒杯说小心你的胃，想到这我又不禁笑了。

"咔嚓"，这是转动钥匙的声音。我一愣，未喝的红酒洒出少许。

熟悉的开门声，熟悉的脚步声，熟悉的味道。我的身子如同锈了的螺钉，一点一点地扭了过去。

"深夜喝酒小心你的胃哦。"

夕阳一寸一寸地爬上她的长筒靴，我看见阿浅就站在离我不远的地方。

十一

2052 年 11 月 4 日，阿浅就到了基地。起先老李合伙将军一起骗她，说我出去有事这些天来不了。可日子久了，也就瞒不下来了。那些日子基地彻底被封锁，世界各国的重要人士也逐渐到达。末日预言终于传开了，阿浅自然也就知道了一切。

于是将军派老李看着阿浅，以防她和我一样秘密逃走。老李并没有告诉将军是他协助我逃走的，所以将军自然也不知道还有废弃的排水系统这个疏漏之处。

在最初的一个月，阿浅没有任何机会离开这里，因为老李说到底也是个特种兵。但一个月后，按计划老李也快要走了，因为李嫂来了。阿浅有了身孕是假的，李嫂才是真的怀孕了。在老李絮絮叨叨的啰唆中，阿浅连蒙带猜，知道了老李和我的计划，当然还包括那个废弃的排水系统。

李嫂来了之后阿浅只字不谈离开这里，老李也放松了警惕，开始抓紧时间陪老婆。次等船票的人不分男女宿舍，嫂子不知道实情还被安排在外面，而老李就住在阿浅的隔壁。因为隔音效果差的缘故，有时候夜里阿浅还会听见老李压得极低的抽泣声。

到了那个时候，最新的路况地图在最后一批被撤走的民工间传得厉害，阿浅轻而易举就得到了一张。

2052 年 12 月 5 日，也就是上海地震那天，准备充足的阿浅终于离开了第三基地。

十二

音响"咔"的一声打开了，一个月前设好的歌曲开始了最后的播放。

奔波了一路的阿浅就在我的怀里，她穿着来不及脱下的皮大衣，笑靥如故。我颤着手摸了摸她的发梢，嗅到了那熟悉的清香。

不远处的钟终于敲响了末日的到来。那群野鸽子扑着翅膀飞向了天空深处，那里一片殷红，仿佛染满了世界的血。

咚——

"城光，我把票留给了李哥。"

咚——

"唉，便宜他了。"

咚——

"有情人就该在一起嘛。"

咚——

"嗯，对，阿浅最好了。"

咚——

"少来！坏蛋你居然说我有了！"

咚——

"对不起。"

咚——

"原谅你咯。"

咚——

"你怕吗？这里马上就要成为地狱了。"

咚——

"不怕。因为有你的地方就是天堂。"

咚——

Part 3

一次告别

無论你是善是恶，是富是穷，都只有分身会一直陪着你。

他在偷窥，也在平衡你的孤独。在他的世界里，你是唯一的。

分 身

一

徐杨呆滞地盯着面前的电脑屏幕。

那是幅很美的画，在茂密的热带雨林里，阳光斜照在灌木丛中的虬枝上，清晨时的雾尚未散开，没有人，也没有动物。

看久了，徐杨觉得自己似乎是这片雨林中的一个偷窥者，就像——此刻正盯着他后背的那个东西一样。

"谁！"

徐杨猛地把手边的高脚杯甩向了身后，脆弱的杯子砸在墙上，发出了尖锐而刺耳的破碎声。

等徐杨回过神时，玻璃碴子已碎落了一地，红酒也顺着墙流了下来，弄湿了贴在上面的画像。

冷光灯把卧室罩得很严实，摆在床头的表正"哒哒哒"

地响着。徐杨屏住呼吸，妄想多听到些别的动静。

可是什么也没有。如果把"哒哒哒"的声音也过滤掉的话就只剩下了一片死寂。

徐杨紧绷着神经与死寂对峙着，不大的卧室里似乎有什么东西一触即发。过了会儿，依旧是一片死寂，徐杨望着苍白的天花板，瘫在了椅子上。

在徐杨低下头的时候，他的视线触到桌上的一张全家福，最中间的那个男孩最为刺眼。照这张相片的时候应该没用闪光灯，因为最中间的那个男孩的皮肤是均匀的浅麦色。里面的背影还有翠绿的樟树，树下没有落叶，大概是盛夏的时候照的。真是幸福的三口之家。

上面没有他。徐杨想到这，似乎忘了周围还有某个神秘东西的存在。他冷笑一声，收回了视线，从兜里掏出一张皱皱巴巴的名片来，上面的地址在褶子里有些模糊，但名字倒还是很清楚——非自然社。

二

清晨的时候下了些小雨，潮湿的云一直沿着天空的弧度弯到了远处高楼的后面。

外面有很重的湿气，小城在这片湿气里有些缥缈。街上没有什么喧哗声，偶尔有鸟飞过，但留下几声怪叫就又飞走了。

徐杨按照名片上的地址来到了一条步行街上。这时，天空中的云已经变得薄薄一层，但照下来的阳光依旧被空气稀释得厉害。

步行街上的人稀稀疏疏的，开了张的新店在做促销，门口的音响正放着流行歌曲，但无人问津。

徐杨过了马路，来到了"非自然社"的门口。这个社按名片上的介绍是——讨论非自然现象的小型图书馆。

可真正呈现在徐杨眼里的却是一座哥特式建筑。

在灰白色的天空下，它显得有些神秘、哀婉，就宛如一件精美的哥特式手工作品。但这件作品并不在北欧的教堂旁，而是夹在两家服装店中间，有些鹤立鸡群的味道。

建筑的顶尖很高，像一根直指天空的刺。

徐杨迈开步子刚要进去，但就在这时，他神经末梢突然一寒，像是有根冰锥瞬间刺了过来。

徐杨猛地转过了身！

可是他身后只有稀薄的阳光普照着稀稀疏疏的人群，除了有些阴沉，其他就再正常不过了。偶尔几个较近的人回头看了徐杨一眼，满是嘲讽。

难道那个东西不想让我进去？

徐杨回过头，死死紧盯着门把手，那神情就如同落水的人遇到了唯一的稻草。

三

徐杨进了屋。

屋顶开了天窗，轻柔的阳光从那里泻落了下来，斜打在一张不大的圆木桌上，桌上的年轮在柔光中清晰可见。四周是中世纪风格的修饰，两米多高的书架排列在靠里的位置。

有缓和的音乐从某个地方传来，它欢快又不失清冷，向上的音调中掩杂着不少低沉的节奏，像一条在山谷间静静流淌的小溪。

"这是舒曼的《梦幻曲》，可以安人心。"

在书架间，一个脸色苍白的男人走了出来。因为身穿灰色的圆领毛衣，他露出了棱角分明的锁骨。男人的刘海儿很长，遮住了眼睛，于是徐杨只能看见他脸上的一抹淡淡的笑。

男人示意徐杨坐下，说："我是这儿的社长，你来这有事吗？"

徐杨舒缓的脸再次绷紧了，他顿了顿，说："我似乎一直被什么东西偷窥着！"

四

徐杨的表达有些混乱，似乎总在避开什么。社长在他对面静静地听着，不曾打断。

《梦幻曲》一直在做单曲循环，在最后一声长叹中，一切都静了下来。

"在找我之前，你找过心理医生吗？"

"找过，都是差不多的回答，强迫症或是恐惧症，我开始也以为是这样，所以接受过不少治疗，但都没有效果。那个东西是的的确确存在的。"徐杨眉头紧皱，脸上的赘肉因不安而有些下垂。

"你认为……"

"是恶魔！"

社长被徐杨打断了。

社长沉思了会，然后起身走向了其中的一个书架。他从书架的第三层中抽出了一本书，翻了一会儿，手停在了其中一页。

社长没有转身，于是声音背对着徐杨传来。

"分身。"

徐杨一愣，一时没有反应过来。

"书中记载它是上天派来偷窥凡人的，分身会记下本体所犯下的所有的恶，好让上天去治罪。"社长合上了这本书，又从第二层中抽出了一本，看了会儿。

"这世上的每一个人都是双生子。"

社长把书放好，走了过来，说："就是说有 60 亿的本体就必然有 60 亿的分身，我们的世界其实还有另外 60 亿的人类，但没人能察觉到他们。书上说本体也很少会感受到分身，不过一旦知道了分身的存在也的确是件很恐怖的事。"

"分身只是偷窥而已，不会伤害你。"社长坐了下来，瞥了眼神色有些过于惶恐的徐杨。

盘旋在头顶的《梦幻曲》又从头开始了，透过天窗照下来的阳光如同圣光一般，抚慰了不安的心。高处的尘埃在这圣光中飞舞着，久久没有落下。

"我会帮你查查，留下地址吧。"社长顺着徐杨的目光看到了那光柱中的尘埃，轻声说道。

五．

午后，那层楼里空空荡荡的。

阳光撕裂了紧贴天空的云，高处的风通过半开的落地窗吹了进来，一地的废纸在风中胡乱地飞着，如同野鸟一般。

徐杨倒了一杯酒，直灌了下去。殷红的液体顺着喉咙直达胃部，感觉像是吞了一口炙热的碳，烫得让人舒服。

这下你还有哪里可以藏呢？想到这里，徐杨得意地笑了。既然是分身，就一定要占据一定的空间。他想证明这一点，于是花了整个下午的时间把家里的一切都给卖了，只留下了床和几瓶红酒。

徐杨漫不经心地扫视着空旷的客厅，感觉一切都在淡淡的冷灯光下显得如此安静美好。

窗外，夕阳幽红似火，冷淡的红光夹杂着灯光照在了屋子里。在一个不起眼的角落，有一面被忘了搬走的镜子。

徐杨突然看见了他自己。

雍胖的身子被长袖 T 恤和宽松牛仔裤紧紧裹着，头发凌乱不堪。小眼睛，厚嘴唇，颇有些坑坑洼洼的脸上还有一抹来不及收起的笑。

真像一个疯子或是恶魔。

徐杨呆住了，眼神中满是恐惧。

"你和他一样该死！"他低吼了一声，扑到了镜子面前，然后用力一掀。镜子腾空转了小半圈就砸在了对面的墙上。

"咣当——"

空旷的大厅把这刺耳的声音无限地放大了。

但过了会儿，周围又是静静的，只有废纸在他眼前起起伏伏。

"滚开！滚开！"徐杨抡起酒瓶甩向了后面，他的太阳穴随之跳得厉害，感觉心脏也一紧一缩的，滚烫的血液似乎在血管里疯狂地奔腾着。

这该死的分身在某个地方偷窥着自己，或许就在那个墙角！或许就趴在外面墙壁的缝隙间！也或许就在床底！

徐杨被自己的猜测吓到了，身子不住地颤抖。他抡起手边所有的红酒瓶疯狂地砸向每一个地方。

"给我出来！混蛋！"

空旷的客厅里，酒瓶的破碎声不停地被他的下一句谩骂所掩盖。红酒汩汩地流了一地，像一群红蛇，聚在了他的脚下。浓浓的酒气弥漫在空气中，到处都是酒渍，不大的客厅如同修罗场一般。

又起风了，窗帘如同鼓满了风的帆，这让徐杨的视线有些错位。外面的夕阳正悬在两栋楼之间，像一只竖着的独眼，冷漠又邪恶。

过了会儿，徐杨的眼神渐渐冷了下来，像是累了。他躺在席梦思上，没有关灯，但如同洪水猛兽一般的倦意依旧汹涌地袭了过来，让徐杨无力再阻挡。

六

那是一道道围墙，上面密密麻麻地裂开了数不清的细缝。

徐杨看到前方有个人背对着自己，这人离徐杨不远，但也不近。他似乎也能感受到徐杨的存在，所以不停地张望，脸色惶恐不安。但徐杨每次都可以恰好到达他视线的死角，并在那偷窥着他的一举一动。

有一条细缝裂开了，其他的细缝似乎也苏醒了，它们不停地向里缩着，土灰从围墙上不停地落下。

没过多久，围城上竟全是又细又长的缝。在尘土散开之后，徐杨看清了缝里的东西，那是一双双忧郁、惶恐、嫉妒的蓝眼睛。它们像一道道出了鞘的利剑，把那人刺得千疮百孔。

也不知从哪里又流出了一群如同红蛇的血迹。蓝眼睛和这些红蛇把这个人逼向了逼仄而孤独的角落，让他连哭泣的时间都没有。

直至偌大的空间全是一片的红与蓝，白色的布帘才缓缓落下，掩盖住了帘子另一边的世界。

七

徐杨猛地睁开眼，冷光灯依旧亮着。窗外的天际一片幽红，让人分不清此刻是清晨还是黄昏。

浓浓的酒味让他很快就清醒了，但方才的梦依旧在不停地刺激着他的神经。客厅里满是碎玻璃和浸湿的废纸。

"咚咚。"徐杨听见了敲门声。他避开玻璃碴，走到了门前，打开了门。

"你喝了多少酒啊！"门口的社长一愣。

徐杨不知道该怎么解释，只好讪讪一笑。

"你走之后我又查到了不少的东西。"社长没有介意这个，他进了屋，坐在了皱皱巴巴的床边，"秘密虽然诱人，但往往也很致命。"

社长随意从地上捡起半截剩有酒的酒瓶，喝了一口。

"知道哪类人才会察觉到分身的存在吗？"社长见徐杨没有反应，于是起身，把酒瓶扔到了一边，自顾自地说，"我查了你的资料，你是个弃儿，从小在孤儿院长大，因为不漂亮又孤僻所以一直没人收养，院长视你为吃白饭的累赘，你也没朋友。高中毕业之后讨过饭，偷过钱，还做了某些亏心事，让你有了这所房子。"

徐杨的心猛地一紧，最近的一截有杀伤力的破酒瓶离他并不远。但过了会儿，他依旧坐在床边，没有动作，似乎在等待着社长的下文。

"一个人类是有朋友，有亲人，有爱人的。但如果他们一旦失去这些，就会接近完全的孤独的存在。分身的另一个身份是上帝派来平衡人类的孤独的，因为谁都需要一个人陪着。其实说白了，一个完全孤独的人是不存在的，就好像一个单独的磁极必定无法形成。"

社长走到了落地窗旁，他淡灰色的影子被冷光灯甩到一旁的墙上。社长背对着徐杨，关了灯，拉开了窗户。风猛地吹了进来，凉凉的。酒气被稀释后带点忧郁的清香。

风吹起了社长黑色的风衣，他靠在沾有酒渍的墙上，逆风点了支烟。

"无论你是善是恶，是富是穷，都只有分身会一直陪着你。他在偷窥，也在平衡你的孤独。在他的世界里，你是唯一的。"

在风中，烟燃得很快，社长把猩红的烟头弹到了窗外。

"多美的晚霞啊，居然和清晨一样。知道吗？分身能感受你的痛苦。"社长转过身正视着徐杨。

"多么悲哀啊。"社长淡淡地说，"我不会报警的，但我得走了。"

徐杨仍呆滞地坐在床边，没有起身。

门"吱——"地打开了，又"砰——"地关了。徐杨分不清到底是社长走了，还是什么东西又进来了。他只是觉得自己成了一个质点，没有形状，没有大小，只是一个孤独的存在。

他好想钻进人群再也不出来。

八

徐杨在那坐了很久，他突然又想起了那张全家福，想起了那三个人，想起了里面盛夏的阳光和翠绿的樟树，想起了那些与自己无关的幸福。

月华悄悄地侵进了客厅，似乎生怕惊动这个可怜的胖子。但徐杨还是哭了，起先是哽咽，过了会儿，便彻底地号啕大哭起来。

旧窗帘被风吹得向上掀起，在这片寂静的修罗场里，银色的月光铺满了大半个客厅。徐杨孤独的影子被拉得很长。

"哒——哒——哒。"

在对面没有月华的黑暗里，仿佛传来了来自另一个世界的脚步声。

徐杨感受到那熟悉无比的视线来了，这次它直射自己的心窝。

徐杨站了起来，他直视黑暗，流着泪，表情却庄严得如同一个准备迎接牧师洗礼的祈祷者。

于是在一片冷冷淡淡的月华中，徐杨看见了另一个泪流满面的自己。

风又掀起窗帘吹了进来，但客厅里空荡荡的，什么也没留下。

过了会儿，风停了，旧帘子又重新垂了下来，遮住了客厅的一半。而另一半，则被银色的月光给铺满了，没有一点瑕疵。

九

外面又下起了淅淅沥沥的雨，圆木桌上亮着昏黄的灯，从外面往里看，光晕模糊不堪。

社长坐在圆木桌旁，桌子上有一杯刚刚泡好的咖啡。氤氲的热气在灯下抽出了缕缕温馨的金丝。

"亲，M-12 星系有 $2mc^2=7.2 \times 10^{22}J$ 的能量到货，请查收，给好评哦！"电话的另一端，一个和社长声色相仿的人欢快地说道。

"知道了。"

"怎么了？老子可是很欢快的！这胖子为了生父的遗产杀了亲哥哥啊！"

"这世上你唯一骗不了的人就是我。"

社长抿了一口咖啡，咖啡并不烫，但喝下去却很苦。他把报纸翻到了某一页，上面有这样一则豆腐块新闻——

昨日某楼住户神秘消失，现场凌乱不堪，现警方已介入调查。

十

"罪人就像孤独的麦子一样，你和我只是两个破坏了规矩的收割者。"

"被收割的麦子会进入永恒的轮回中，因为他们把和分身相遇的能量献给了宇宙。"

社长终于笑了笑，他丢开了报纸。

"我亲爱的分身。"那一端的人突然语气甜蜜，"你看见了吗，窗外又有麦子成熟了。"

社长没再回话，只是挂断电话，扬起了头，露出了那双纯蓝色的眸子。

窗外的人们来来往往，过了会儿，他便锁定了一个。

那人猛地一颤，惶恐地扫视着四周。

社长仰脖以喝烈酒的样子喝掉了马克杯里所有的咖啡，然后意味深长地笑了。

逃离铁城

一

铁城，某年某月某日，下午。

"十三号街区。"

乘客打开了半人高的车门，猫着腰钻了进来。

从反光镜上可以看出他是个脸色苍白的男人。他的头发梳得很整齐，上身穿着双排扣上衣，下身虽然看不见服饰，但想必应该是黑色西服裤。

我发动了引擎，把方向盘向左转了大半圈，拐进了稀疏的车流。

在去往十三号街区的路上，秋高气爽，永远阴暗的天空正泛着柔和的白色。道路的两旁矗立着棱角分明的建筑，灰暗色的建筑表面和路人的脸色一样冷漠，仿佛是一具具冻僵了的沉默兽。

这条冷色带一直延长到了路尽头——那片枫树林的边缘处。

车停稳后，男人从后面递过钱，然后就下了车，头也不回地走进了枫树林旁的公寓。车的引擎没有熄灭，它微微作响，如同一只喘息的野兽。

等男人完全走进了公寓，我驾着这匹野兽拐进了前方不远处的枫树林。林子里满地枫叶，车轮碾过，传出轻微的呻吟声。四周很安静，这大概是因为铁城里除了人再也没了其他生物的缘故。偶尔会看见一两片飒红的枫叶落下。

我开车前行了很长一段路，直至无法再前进一分。这里的枫树要比外面的粗许多，我隔着车窗看不清林子更深处，于是只能无奈地一点点地倒着车离开了这片林子。

01 国道上，车流如织，我的耳畔处只有引擎声和呼呼啦啦的风声。锈黑色的建筑横卧在视野内，远处耸立的电视塔如同铁城脊梁上的一根刺，倒扎在我的瞳影中。随着车子的前行，眼前的电视塔愈来愈近。我缓缓转动方向盘，拐进了电视塔旁的一条小巷里。

我把车子停在了巷口。

虽然天并未暗下来，可巷子深处却看不到一点光，模糊而漆黑，如同一只张开巨嘴的野兽的喉咙。我感觉它随时都会发出令人窒息的怒吼声。

我一步步向小巷深处走去，周围的空气潮湿得仿佛凭空一攥就能捏出水来。走到小巷的尽头，我停了下来。

"那条可以逃离铁城的路找到了吗？"

一个老乞丐坐在一个巷子深处的垃圾桶上，灰白色的山羊胡蓬乱如同野草。

"没有。"

天空响起了一声闷雷，微微的余音四散开来。

"那你早点回去吧。"老乞丐浓密的灰白色头发遮住了眼睛，他的小毡帽斜搭在头上，脏布鞋挂在两只脚上微微颤动着。

和往常一样，家中整洁依旧。冷淡光滑的地板，天花板上垂下华丽的吊灯，斜卧于客厅的真皮沙发，以及闪烁着无尽的雪花的电视机。

8点的时候，永远灰蒙蒙的天空彻底地暗了下来，窗棂旁的森林也融在了夜色中，恍惚中可以看见几道狰狞的树影。

这是个被神遗忘的世界。这里的一切都是死的，死的车子，死的森林，死的马路，死的天空和雨水。

而我，却生活于此。

但我却可以真实地感受到另一个世界，它离我很遥远，但我可以清晰地听到它那强劲的脉搏跳动声。

那脉搏声在引诱着我离开这里，而离开则意味着逃离，这就好像是场越狱，我赌上的是我的永恒或者永远。

永恒的寂寞或是永远地离开。

二

我很早就认识那个老乞丐了，早在那个女人死之前。

那是一个有雨的下午，铁城的天空布满浓郁的乌云，几丝黑烟飘荡在低矮的天空上，像是铁城的脉络。

随着云层间隙里传来的沉闷的雷鸣，躲藏在其中的雨滴开始急速下坠，最终落在了与它同样冰冷的铁城上。

当时我在去往一号城区的路上，车内很温暖。雨滴敲打着车前窗，刻下一道道裂痕。

事情的起始是这样的：在一个十字路口，当时我的车子以及后面紧跟而上的车流都被红灯齐齐拦下。最左边是人行道，没有人撑着伞，人们如同僵尸一般矗立在倾天而落的雨中。

等待是漫长的，前方猩红的数字正在跳动，滑过车前窗的水流像是一摊血迹。

那个女人就是在这时候出现在我的视线中的，她穿着一身漆黑的连衣裙，平滑的裙身紧紧粘在身上，头发带点雨水也冲不掉的褐色，背影映着雨中的铁城，像是一幅落魄的壁画。

这幅壁画在向不远处的横行车流移动。

我连忙按了几下喇叭，急促而刺耳的鸣声混杂在雨中。可女人并没有理会这种提醒。

于是，我鬼使神差地下了车，但没有拿伞，一路上冰冷的雨水像一条条渴望温度的小蛇，游走在我的皮肤上，汲取尽了我单薄衬衫下的热量。

"喂！你疯了吗？"我把最后几步并作一跃，向前一把抓住她的胳膊，抬头望了眼红灯上快要读尽的数字，不禁打了个冷战。

女人停下了脚步。她黑色的连衣裙在雨水的冲刷下紧贴身体，勾勒出了脊梁的痕迹和瘦弱的身形。

"滚开！"她甩开了我的手。

"再往前走的话，你会被车撞死的！"

"要离开这里，唯有死才行！"女人转过身，她的脸上咧开一丝诡异的笑。女人张开双臂，仿佛做好了迎接死神的准备。

女人背后的车流不知是在何时消失了，在稍纵即逝的寂静过后，引擎声再次咆哮起来，我从她的瞳孔深处看见了一群发了疯的汽车。

我的心一颤，抓住女人纤细的胳膊，迈开步伐，拉着她冲向不远处的安全岛。

但身后那如同死神喘息的引擎声却越来越清晰了。

"没用的。"女人突然又挣开了我的手。"没用的。"她又说道。

这时，离我们最近的一辆车已经带着尖锐的长鸣声冲了过来，那气势分明是不会停下。我下意识地挡在了女人的前面，正对着她。

那是怎样美丽的一双眼睛。黑褐色的眸子镶嵌在匀称的眼白里，稍长的眼睫毛微微上翘，每一根的根尖都凝有一颗细小的水珠，我从那对绝美的瞳孔里看见了狼狈的自己和身后的铁甲野兽。

女人也看着我，她的眸子里突然闪过一丝异样的神色，就像是停止跳动的心脏突然受到了某种刺激。她猛地把我往后狠狠地推去，我不知道她瘦弱的身子怎么会爆发出如此大的力量。

我滚到了安全岛里。

而她被一个冷漠的铁城人驾着一辆发了疯的野兽撞死了一场阴沉的雨中。

我躺在安全岛里，如同一根漂泊在汪洋大海上的稻草。街上没有喇叭声，单调的引擎声由远到近地咆哮着，然后又由近及远地消失了，许许多多的车子来来往往，根据这个规律循环着。天空很暗，但仍落着很大的雨，它仿佛是一个破旧的盾牌，挡住了我对上天的祈祷。

天空之下，我的心脏似乎被一只大手紧紧地握住了，我想如果我的下一次心跳稍有停顿，就会被它捏爆。

我全身的血液在局促不安地流动着，铁城某年某月某日的这天，我第一次产生了一种疯狂的想法——逃离铁城！

三

翌日，我在一个没有鸟鸣的清晨醒了过来。由于又做了梦，脑袋有些恍惚。外面又下了雨，远处的那片泛黑的森林在苍白的雨中显得愈加阴气沉沉。

我想这样的雨最适合为英雄们送葬。在铁城里，每一座不动的建筑都是最肃穆的牧师，当丧钟般的雷鸣从天空深处滚滚袭来时，葬礼便会开始。

雨将我们分开，让每个人都成了一座一座的孤城。逃亡的人死了，暗中活着的人独自在伤心。

下午，雨停了，盘踞在天空之上的云变得稀薄了。铁城在雨水地冲刷下更加清晰。

今天一直开车，从西向东，接了三次客人，到了下午又回到了原地。

晦暗的小巷里，前方是一片死静，身后引擎嗡嗡作响。

老乞丐在逼仄的角落处半躺着，丝毫不介意那里浓厚的湿气。他见我来了，重复了昨天的问题。

"没有。"我四处张望了一下，依旧没有找到一处干净的地方，只好继续站着，"铁城又下雨了。"

"的确是个坏天气。"老乞丐说，"不过我有个不坏的消息。"

身后一直嗡嗡作响的引擎不知何时歇了火，铁城独有的寂静又从天而降，落在了小巷里。这时，一阵"哒哒哒"的声音由远到近传来，它像是一把锋利的刀，划破了巷子里死闷的空气。

"大叔，我帮你把引擎熄了。"

我转过身，看见一个女孩笑着冲我走了过来。她皮肤白皙，相貌姣好，长发盘在后面，样式是戏曲中花旦的抓髻，她穿着纯色羊毛衫和水洗蓝的牛仔裤。

纯色和水洗蓝都属于暖色系，我很少见铁城人这样搭配过。

"这女孩找到了那条路。"老乞丐的语调依旧波澜不惊。

我心头一跳，再次正视这个女孩。她依旧带着笑，年龄似乎也不大，现在已经停下了脚步，站在离我两米远的地方。

"那条路在哪？"

"铁城之北。"

女孩宛然一笑，说道。

天空由阴沉逐渐变得晦暗，小巷里的寒气越来越重。我和女孩靠在墙上。

"这么说你也很早就认识老乞丐了？"

"嗯，只是大叔你习惯下午来，而我习惯上午来。"

"那么，你大概是什么时候认识他的呢？"

"我也不清楚，就好像我不知道自己是如何来到铁城，何时开始在铁城工作一样。大叔你做过梦吧？你能回忆起自己是从什么时候开始做梦的吗？"

"的确。"

我直起了身子，把烟头丢到了一边。

"老乞丐，有些话你可以告诉我了吧？"

"哦？你想听什么呢？"

"关于铁城的，你所知道的一切。"

四

铁城，某年某月某日，傍晚，01 国道。

街上依稀地亮着几盏路灯，每两个灯杆隔着近百米的距离，所以原本微弱的光晕便显得更加的晦暗。

"大叔，前面左拐就到了。"

"哦。"

"大叔，能讲讲你的故事吗？"

"我的故事?"

我一愣,女人的双眸立即又浮现了出来。我捏紧方向盘,车在我的手下小心翼翼地穿过漆黑的街道。我减了速,引擎的声音很低,不会影响我的叙述。

车子停在了一栋陌生的写字楼旁。

"大叔,你说我们会是最后的逃离者吗?"女孩问道。

此刻,白天阴冷的湿气凝成了寒风,微微地刮在看不见的空气里。我含糊地说:"谁知道呢。"

女孩已经下了车,她靠近窗户,趴在车窗上问道:"喂,大叔,乞丐爷爷跟你说了什么悄悄话啊?"

"就是说找到了那条路也可能会失败?"

"是的。"

远方的天空猛地炸开了一声雷,乌云蠢蠢欲动。

"喂,明天和我们一起走吧。"

"不。"老乞丐一动不动地说道,他仍半躺在逼仄的角落里,苍老而羸弱的身体仿佛已和角落融为了一体,"过来,我有话要单独给你讲。"

女孩撇了撇嘴,说她会在车里等我。我走到老乞丐的跟前,半跪下。

"你要记住,我们就像在越狱,如果失败了就会被抓回来。逃离铁城需要付出代价，我会为你们付出这个代价。我为了逃离铁城已经牺牲了太多，别让我最后的牺牲白费掉。"

"你会死吗？"

"大概会，谁知道呢，我的身体早就大不如前了。"

"为我们，你这样做值得吗？"

小巷恢复了死寂，但我不知道这片死寂到底会酝酿出什么。

"当然值得。我会像英雄一样死去，只是寂寞而已。"

女孩已经转过了头，她背对着我，乌黑的长发在暗淡的灯光下闪着虚无的墨色。

我把车窗半开，寒风袭来，卷走了车内所有的热量。

女孩的抽泣声轻微又清晰，但很快就被寒风冻成了看不见的冰碴子，稀稀落落地掉下了。引擎没有熄，它嗡嗡作响，像一只伺机食人的野兽。

"大叔，我突然很害怕熬不过今晚。"

我一愣，脑袋隐隐作痛，那个女人和盾牌似的天空又浮现出来了。

"那上车吧。"

五

此刻已过了晚上 8 点，铁城的天空漆黑一片，淡淡的光晕落在同样漆黑的柏油马路上，凝成了一团团娇小的影子。

我开车行驶在回家的路上，女孩坐在车后一声不吭。

家中依旧，女孩吃了些东西，然后就去洗漱了。我一个人待在客厅，把玩着车钥匙。

浴室里不断传来哗啦啦的水声，有点像瓢泼的雨。

我努力回想和老乞丐的初遇，但思绪总是在一个模糊的边界戛然而止。

人的记忆就像一个破旧的磁盘，装不下太多的东西，就好比今天塞进了关于女孩的记忆，就一定意味着我又忘掉了什么。或许就是关于那场我已不记得的初遇。

回忆就是在抓一把沙，越用力手里的沙子漏得越快。

在女孩洗完澡后，我已把席梦思拆了并搬到了客厅里。壁炉也点着了，暗红的火苗在狭小的方块格子里跳动着。

"天冷，我睡沙发，你睡席梦思。"

"嗯，好。"

女孩乖巧地钻进了被子里，窸窸窣窣地换着衣服。

我扭过头，躺在沙发上，席梦思很高，在我的旁边。

耳边不断地响起柴火"噼里啪啦"的声音。

"睡吧，明天早点出发。"

我头靠在席梦思旁，周围很静，有幽红的光，女孩的呼吸声平缓得如同一条流淌在黑暗中的小溪。

六

天亮醒来，外面的天空已泛着绛蓝的色泽，我的脑门上布满细汗。

昨晚似乎梦魇了。

我费力地扭动了一下身子，发现女孩不知何时从席梦思上摔了下来。她在我的怀里，小手紧攥着我衣角。

我轻轻地将她的手掰开。

四周还是很暗，那只小手心里似乎仍残留着某种梦魇的痕迹。

壁炉里的柴火烧尽了，剩下的一两个未熄的火星正冒着几缕惨淡的青烟。

铁城，某年某月某日，清晨。

外面比屋里要冷上许多，引擎发动的声音成了铁城清晨的第一声呐喊，我缓缓转动方向盘，让汽车拐到了路上。

"大叔，铁城的北部你去过吗？"

"当然，只是没有意识到路就在那里。对了，你是怎么发现的？"

"凭借女人的第六感喽！"

"那里应该是片枫树林吧？"

"对啊，你进去过吗？"

"嗯，进去过，但到了车子开不进的地方就没有再找下去。"

"林子深处有个秘密哦！"

我的视野前方是铁城的街道，空旷的景色向后流淌着，斜上方的天空阴沉依旧，它并没有因汽车的向前而改变自己咄咄逼人的姿势。

"什么秘密？"我只好主动问道。

"到时候你就知道啦！"

铁城之北不算太远，但也需要近一个小时的路程，在去往那里的途中，天渐渐变亮，最终变得像往常一样苍白。

"大叔，快到了。"

"我知道。"

在天际，我看见了那个枫树林的边缘，可能是最近天气转冷的缘故，叶子变得更加殷红。

到了枫树林，我再次把车开到了再也开不进去的地步，然后下了车。女孩整理了下散乱的头发，我轻轻地抚摸着车身。

这车和铁城人一样，是没有感情的物体，但它是我的坐骑，很久以前就是，或许在那个世界也是。

"走吧。"我说道。

七

越向里走林子越密，枫树也越来越粗。

渐渐地，树枝竟彻底地遮住了天空，但又不让人觉得压抑，我惊叹于这些巨大的枫树，它们有的需要五六人手牵手才能环绕一圈，叶子因此也很大，落叶堆积一地，我踩在上面，双脚不停地向下陷，直至小腿处。

"大叔，看不见天空了呢。"女孩走在前面。

"铁城的天空没有什么好看的。"我跟在后面，有些气喘吁吁。

"大叔，加油哦！快到了！"

"好。"

我甩掉粘在裤腿上的残叶，跑了起来。脚下的叶子因我的突然加速而嘎吱嘎吱地响了起来。一棵棵巨大的枫树默无声息地站在我的身旁，俯瞰着。

铁城之北，某年某月某日，枫林深处。

奔波了很久，直到枫树也不再变化，似乎到了某种状态的极限。

我扶着一棵巨大的枫树，不敢相信眼前的一切。

那是一片有阳光的草原。我头顶的天空裂了好几个口子，露出了精致可爱的蓝色。阳光从云缝间倾天而下，形成了好几道巨大的光柱，宛如圣光一般。这里到处生长着大片大片的薰衣草，香气随着风的舞步飘在每一丝空气里。远处的视野很开阔，可以望到天与地的边界。

这一切都像是铁城临死之前的回光返照。

"大叔！别傻站着啦！"

女孩攘着一束刚采下来的薰衣草，笑着冲我招了招手。

我一步步走了过去，并没有意识到身后的枫树林离我越来越远。

铁城之北，某年某月某日，神秘草原。

我再次抬头望了望天空，它依旧要比外面的天空漂亮许多，只是蓝天不知何时又不见了。薰衣草的香气刺激着我的嗅觉，风竟然也越来越大。

"过来！"

我的神经猛地绷紧了。

"怎……怎么了？大叔？"

我没有再回答，只是紧紧地攘着女孩的手。远方是鱼肚白的天际，头顶的天空响起了闷雷，那声音似乎是从四面八方传过来的，尔后又扩散了回去。霎时温度骤然下降，脚下的薰衣草全都像失了水的稻草一般。

"小心，尽快逃离，这里绝对不会那么简单！"

我脱下外套，披在了女孩的身上。风迎面刮来，外套像是吹鼓了的帆，猎猎作响。寒气轻而易举地透过衣服钻了进来，细小的雪粒砸在我的脸上，汲取着我的温度和意识。

我只顾抱紧女孩，不再理会周围的一切，哪怕是暴风雪也好，哪怕是一片冰原也好。

"大叔！你还好吗？"

我听见了女孩急切的询问声，娇小的她在我的怀里就像只红了眼的兔子，温暖又急躁。

"还好啊，可以顶住！"

暴风雪仍在继续，呼呼的风声如同死神的召唤。

我突然想起女人和老乞丐来，他们都算是救过我。我又想起了自己的车，它正停在枫树林里。

想到这，我突然觉得这其实就是一场接力赛，第一棒是老乞丐，第二棒是我，最后一棒是女孩。我们的目的是赢得这场与铁城的生死竞赛，而不是每个人都到达终点。

我裹紧了女孩身上的大衣，没等女孩反应过来就把她扑倒在地。风雪如刀一般切割着我的背部，但怀中的风雪似乎小了许多。

我不知道这场暴风雪是否会在我的意识消失前停下来。

八

很温暖。

脑海中又浮现出了那个女人，她仍穿着那件黑色连衣裙。她冲我微笑着，蠕动的嘴唇像是在诉说着世上最美好的情话。我不知道她在说些什么，只是觉得那双漂亮的眼睛似乎比以前更美了，我从她黑褐色的瞳孔中看到了一片金黄。

美好，温馨。

"大叔！醒醒！"

这句不知道重复了多少次的话，渐渐牵扯着我，让我最终离女人越来越远。当梦境彻底破碎后，我睁开了眼，但眼前似乎还残留着方才女人的影子。

我扭过头，看见了跪在地上一脸焦急的女孩。

"大叔，你还好么？"

"我们……死了？"

"大概没有吧，你看，那儿有两条路，应该是离开铁城的通道。"女孩指了指右边。

"我们顶过了暴风雪？"

"嗯。"

我看见右边有片林子。林子里正在泛着金色的光，那里有一地的落叶，落叶也闪着金色的光彩。它与树上的叶子大抵同色。

"那，我们走吧。"我拉着女孩的手走向其中的一条路。

"不要！"女孩突然把手抽了出来，我抓了个空，感觉有条丝巾从手心溜走了。

"大叔，这两条路只有一条是通往那个世界的，而另一条是通往另一个铁城的。"

女孩说着，然后走到了另一个路口处。

"你怎么知道？"

"相信我，女人的直觉很准的。"

"这就是说我们之中注定有一个人要失败？"

"嗯。"

"可我们选择一起走，也有可能都回到那个世界啊。"

"大叔，在我们与铁城对弈的这盘棋上，我们必须做好成为弃子的准备。"

"可是……"

"喂，大叔，你到现实中后要做的第一件事是什么？"

"这个……我真没想过。"

"那我帮你想一个喽。"

"是什么？"

"等我。大叔你回到现实中后要做的第一件事就是等我。"

女孩嫣然一笑，脸上带点绯红。她转过身，蹦蹦跳跳地走向了那条路。

女孩的褐色长筒靴"哒哒哒"地响着，如同是在玩跳房子之类的游戏。金色的落叶时不时地飘落下来，一层一层地掩盖着她的足迹。

尔后女孩渐渐走远，那个路口也完美地消失了，好像根本就不曾存在过。

最终，在那片金光里，女孩的背影消失了。

之前我躺过的地方，还有女孩穿过的女式外套，它在我的大衣的怀里，安静得如同一抹温柔的阳光。

九

某城，2018 年 7 月 23 日，清晨。

7 月末的清晨，阳光不冷不热。

程二今天心情不错，他靠在瓷砖墙上，咿咿呀呀地拉起了《凤求凰》。

在多年前他逃出来的第一个冬天，自己死拽着拉二胡的老爹衣服不放时，老爹当时曾问过他两个问题。

"你叫啥？"

"程二。"

"想当我儿子吗？"

"嗯，要给我饭吃。"

"虽然咱是拉二胡的，但也算是半个人民艺术家，吃的管饱。"

在老爹死了之后，程二子承父业，揣着老爹最后留下的 2000 块钱来到了这个城市。他爱这个城市，因为它庞大，真实，总在千变万化。

对面的哥几个正在议论昨晚的那个疯子，程二拉二胡的声音缓了下来。

"你说这人怎么冒出来的啊？"

"估计是溜进来的！"

"北边的李三说了，没见他进来！"

"呵！李三那人眼神不好使，你又不是不知道！"

"也对啊，这地下人行道这么长，旁边还连着个地下停车场。"

"喂，刘达，你不是说那疯子一冒出来就不停地念叨什么吗？"

"是啊，是啊！可玄乎了！好像是……终于逃离铁城啦。有哪家精神病院叫'铁城'的吗？"

"不清楚。"

"我看那人长得端端正正的，没想到是个疯子！"

"谁知道呢。"

程二竖着耳朵听了一会儿，但没发表什么看法。

他今天心情不错。因为 7 月份的阳光干燥美好，因为又有人逃离了铁城，也因为自己头顶的那片城市的声音。

那是刺耳、真实的声音。

青目之夏

一

父亲眼神悲痛，他坐在一旁，几次想要开口却又欲言又止，而我也不说话，只是无所事事地玩着手机。又过了会儿，父亲终究是忍不住了——

"小清……"

"嗯，怎么了？"

"你失去了青目之力。"

手机屏幕上的小鸟已经越过了七十个管子，我手一抖，让它撞死在了第七十一个上面。

"小清，我知道这对你来说是个沉重的打击……"

我把手机丢到了一边，没回话，只是抬头看了眼父亲，然后又把目光转向另一边的窗外——阳光明媚，真是个好天气。

"爸，你说实话吧……我的青目是不是完全没有办法恢复了？"

"不会的，只是你的青目的脉络被堵塞了，就好比一个人受到惊吓会打嗝，再被吓一下又会停止下来，青目还是可以恢复，但这就要看时机和运气了。"

"好吧，我想一个人静静。"

"家族会抓到前段时间袭击你的人的。"

父亲叹了口气，摸了摸我的头，然后就走了。我听见病房的门被他轻轻关上，脚步声也渐渐减弱，在确定父亲走远后，我终于倒床大笑——

"该死的青目之力终于没了啊……哪位好人干的啊？也不留个姓名。"

二

我叫夏清，喜欢夏季，并在初夏的这天终于失去了所谓的青目之力。这力量可以让我看到一个人与我之间的未来，它源于我的家族，但并非每一个人都可以拥有。在古代，青目家族与皇族关系甚好，而到了现代，青目家族隐姓埋名，像普通人一样生活。

　　昨天，我因为一场意外而昏厥过去，失去了相关记忆和青目之力。我不清楚这个世界上有多少超能力家族，但我确定我们家族绝对是弱爆了的那一类，如果可以漫无目的地预见未来，起码可以用于考试作弊，但青目之力却只能预见别人和自己的未来。拜托啊！这能力连算命的都瞧不上好么！也不知家族里那些遗老们怎么就这么固执。

　　而且，因为这个能力，小时候我说话总是没遮拦，看到了就说，并且说的都是坏事。"二狗子今天和我一块儿去爬树会从树上掉下来！""阿黄咱还是别去河边了，你会掉进去的"，诸如此类。

　　由此可见我小时候是多么讨人嫌。

　　长大了倒好些了，懂得了该说什么不该说什么，时间长了也就忘了自己的超能力，唯一不爽的就是总会时不时被父亲强行记住一些和青目有关的东西，而且过段时间还要检查。

　　我还听说家族有分支，分支的人没有青目之力，两家的老祖宗在唐代是亲兄弟，或许是宋代？反正我记不清了，况且没了这该死的青目之力，父亲也不会再逼我记那些枯燥的东西了吧？

　　除此之外，我夏清就是一个普通的高中生。

　　今天放学后，在出校门的时候，我远远地就看到了一个男生站在马路对面，耐心地等着绿灯。车水马龙遮挡在我和他之间，我看到他冲我傻傻一笑。

"大小姐……"绿灯了，傻小子冲我招了招手，跑了过来，"我是夏氏分支的夏炎，是被派来保护你的。"

"同学你认错人了！"我看情况不对，低头准备溜走。

"不会的，族长给过我照片！"夏炎连忙拦住了我，然后慌忙地从兜里掏出手机，我抬头一看，糟糕的心情顿时变得更加抓狂了——

一个少女躺在病床上，低着头玩着手机。这正是十二个小时之前的我，这一定是父亲干的好事！

三

放学后，学校附近的冰激凌店里。

"你要知道，我失去了青目之力，所以没有必要来保护我，懂吗?"

"族长说你的能力只是暂时失去了，过段时间就会好起来的。"夏炎小心翼翼地看着我，终于发现了我不善的眼神，"你也不要因此太难过，以后就由我来保护你吧。"

我头一低，差点埋进冰激凌碗里。

"我讨厌你，知道吗? 我讨厌青目，讨厌别人帮我继承它！"我恶毒无比地说道，眼前的夏炎也呆住了。

店里顿时安静了下来，我脸一红连忙底下了头："夏炎，其实你什么都不知道。"

第二天，夏炎转到了我们班，但他并没有再打扰我，只是每次放学后都会跟在我后面，偶尔上体育课也会看到他在远远地看着我。

"新来的转校生对你有意思哦。"我闺蜜总是这样说道。

"怎么会。"我含糊其词地应付道。

时间久了，我发现夏炎的傻不止体现在情商上，还体现在智商上。第一次月考，他就以总分两位数刷新了班上的最低纪录。

但夏炎在班上人缘很好，一是因为这货的确偏帅，二是因为他那傻傻的性格，和女孩说话就会脸红，稍被调侃就会结巴。上次对他大发脾气后，我一直有些愧疚，而夏炎显然没有把这放在心上，他还是总在偷看我，别人一旦问起他就张口结舌，所以怎么解释都是苍白无力，都是越抹越黑。

其实夏炎没什么错，被家族派来保护我也是他倒霉，或许日子久了，家族就会发现我的青目没法恢复，然后把他调走。当然也有可能提前，如果他下次月考还是 89 分的总分的话。

这天放学，夏炎一反常态地追了上来。

"有事吗？"我单刀直入地问。

夏炎这次没有傻笑，他一米八的个头站在我身边像一堵墙，等绿灯亮起时，他才红着脸，结结巴巴地说了句"没事"。

没事才怪，这个傻大个的心情全都写在了脸上。

"你不说我走了啊。"

"别！"夏炎伸手拽住了我的胳膊，"我有点事要给你说。"

于是我们又来到了那家冰激凌店，坐在一个靠窗的位置。眼前的夏炎逆着阳光坐在我的对面，夕阳把他的皮肤涂抹成了金黄的颜色。夏炎紧盯着我的眼睛，满眼充满了忧伤。

"夏清，我可能要走了。"

我的头猛然一抬，感觉眼前忧伤的夏炎从未这么可爱过。

"恭喜恭喜，你跟我都解脱了……"

但夏炎又自顾地说："我哥哥会替我继续保护你，他一直在国外，比我强很多，他一定会想办法帮你恢复青目的……"

等等！难道说这个傻小子走了之后还会有个哥哥继续以"保护"之名替我恢复青目？仔细想想的话，夏炎除了为我制造了一些八卦，倒也没做别的事情，如果换他哥哥的话或许会天天缠着我给我恢复青目……

想到这儿我一脸恶寒。

"夏炎你不能走！"我一把抓住他的手。

夏炎颤了一下，他看我的表情满是受宠若惊，但很快又是一脸的忧伤。

"我成绩太差了，班主任找我谈了话，他觉得我不适合在一中就读……"

"哪里话，都是一家人！"我心一横，干脆说，"我帮你补习功课！下次月考成绩亮瞎他的狗眼！"

四

那天，我才知道，原来他早就搬到了我公寓的对门，我一想以后周末就要跟这傻子抬头不见低头见了，不由悲从心生，分手前恶狠狠地瞪了他一眼。

"明天周末，滚我家来补习功课！"

第二天，夏炎一大早就过来找我，我睡眼蒙眬地去开门，看到他后感觉身体一凉，但大脑还没反应过来，直到他脸腾然一红，我才意识到自己只穿了超短的睡衣。

"死变态！"

半个多小时后，夏炎才敢小心翼翼地进了门。补习进行得还算顺利，夏炎废寝忘食学到了中午，因为下午准备给他买几本参考书，于是就干脆一起去外面吃了饭。

进入夏天之后，整个小城都陷入了一种懒懒散散的节奏里，蝉在前几天就开始扯着嗓子喊了起来，大街上满是白晃晃的阳光，头顶通常万里无云，但偶尔也会有大片的云朵飘过，让凉爽的阴影从西向东铺天盖地地遮来。

今天是六月之初，我突然思念起了妈妈。

"夏炎，我要去看看我妈妈，你先自己回去吧。"

"我陪你去吧……伯母一定不会怀疑你和我……那个什么，就是……"

夏炎支支吾吾地解释着，我没理他，一个人向西沿着大街走进了遮过来的阴影里。夏炎跟在我的身后，像一块黏人的牛轧糖，我自知甩不掉，于是便不再理他。

大概有三个月没有去看望妈妈了，我伸手拦下一辆出租车，钻了进去。十几分钟后，我到了墓园。

今天墓园里的人不多，我们到那的时候正是一天中最热的时候。

妈妈的墓在靠里的位置，墓碑上隽永的字迹是爸爸写的，正中间的位置上有一张彩色照片，听爸爸说是妈妈自己要求的。照片中的妈妈笑得如夏日般灿烂，旁边树的叶影在微风中摇曳，照片反射着零星的光，温暖无比。

"妈妈在我四岁的时候患癌症去世了。"我知道夏炎就在不远的身后，"我预见了这个未来，但我无力回天。这就是青目，看到的都是无法改变的未来。"

我转过身，看到夏炎正呆滞地看着妈妈的墓碑。

"这就是你想保护的能力。"

四周的蝉声像是落入了深秋一般凄切。

五

除去周末，平时放学后我都会给夏炎补习功课，这货也算争气，一个月后顺利摆脱掉了倒数第一的尴尬局面，虽然还是倒数十来名，但对于他来说也算是最好的成绩了。

在月考发榜的当天，我发现自己的成绩也突飞猛涨了一番，直接从二十来名跑到了前十。于是拉上闺蜜，还有夏炎一同冷饮店庆祝。

那天，夏炎不再像个跟踪狂一样跟在我后面，三个人一同出了校门，有说有笑，"说"当然是指我和闺蜜的聊天，"笑"就只是夏炎的傻笑。

我发现夏炎的木讷并非针对我，他跟闺蜜说话也会结巴，不停地挠头，被调侃后会当真，不停地解释。我闺蜜也发现这个问题后，她逐渐开始和夏炎说上了话，过了会儿，两人都把我这个正主晾一边去了。

我心里莫名有点不爽。

在冷饮店的时候也一样，我索性随他们去聊，自己玩起了手机游戏，可屏幕上的鸟总是在前几个柱子上撞死。

这几天休想让我理你，白眼狼！我想着，然后恶狠狠地吃了一大口冰沙。

那天回去的路上，我没有给夏炎任何好脸色，他就像一个失了宠的小狗，怯怯地跟在我的后面，直到在门口分手的时候才弱弱地说了句再见。

晚些时候，停电了，房间里闷热得很，公寓本来就不大，没有一处凉快的地方，一旦打开窗户就是聒耳的蝉声，我躺在床上，用脚狠狠踹了下墙。墙的另一面就是夏炎，我和他的卧室只有一墙之隔。

手机屏幕一亮，是夏炎发来的短信——怎么了？没事吧？

"热死啦！"我又踹了下墙。

那晚我失眠了，直到很晚的时候才模模糊糊地睡了小会儿，但睡得很浅。

"咔。"这动静很小，来自大门那里。此刻除了蝉声以外再也没了任何的声音，这突如其来的动静便显得异常刺耳。

大概过了四五秒，我听到了轻微的开门声。一股寒气由下而上地灌满全身，紧接着我便听到了哒哒的脚步声，不过几步路的时间，那人便停在了我的卧室门口。

还好卧室是锁了的，但这依旧让我陷入了一种恐惧之中，我不住地颤抖，脑海中闪现的第一个人居然是夏炎。该死的，在这个时候我居然脚抽筋了，突然这会儿一切都静了下来，窗外聒耳的蝉鸣也小了，一切都回归了寂静，像是一切都没有发生过一样，难道是梦？

"咔——咔"轻微的声响像是得意的讽刺，全盘否定了我的妄想。

"死夏炎！救命啊！"我尖叫道，然后用脚使劲踹墙。可墙的那边没有动静，但不远处的卧室门却被暴力地打开了。我的喉咙像是卡住了什么，发不出声，我只能凭本能缩在了角落里，紧紧地抱着双腿，盯着眼前的黑暗。

两个月前就是他袭击的我吧？大概会死吧？这下真的会死吧？

这时，我突然听到一阵急促狂奔的脚步声，还有一声低沉的怒吼，大概有什么人从大门直入，直接闯了过来。我看到一双碧绿的眸子闪烁在了黑暗中，他扑向了我的不远处，带来了一阵风。

来电了，床头灯突然亮了，在昏暗的灯光中我看到夏炎正和一个戴面具的男子搏斗在了一起，两人厮打着，跌跌撞撞地到了外面的客厅里。

手机在哪？我发现自己的大脑一片空白，这突如其来的恐惧把我彻底地吓傻了。

"砰"的一声，一个身影被揣到了墙上，我一看，是夏炎。夏炎的双眸依旧是绿色，他紧紧盯着门口，直到那个面具男一步步进来。

"蠢货，为了个本家的女人，强行提高了自己的血统。"

"她已经失去青目了！"

我努力克制住自己的身子，希望它不要再颤抖，但我似乎是被恐惧强行踹进了冰窟窿。本能的战栗抖出了被潜意识遗忘的记忆。

"上次就是你坏了我的好事，蠢货！"面具男又转向了我，"大小姐，好久不见啊。"

"两个月前……是你……是你袭击的我？"我的声音在颤抖。

面具男没有回答我，只是笑了笑，声音嘶哑。我看到旁边夏炎的绿色双眸已经暗了下去，变得暗淡无光，但他依旧虎视眈眈地盯着面具男，像一只蓄势待发的野兽。面具男没有再采取下一步的措施，他似乎是忌惮夏炎真会和他拼命。

终于，他走了，转身而去，脚步声消失在无尽的黑暗中。

"夏炎，谢……"我刚转过身，夏炎便突然倒了下去，像个失去了动力的奥特曼，明明前几秒还凶狠地盯着敌人。

六

短短两个月来了两次医院，一次是自己重伤，一次是夏炎重伤，这让护士看我的眼神一直怪怪的。好吧，我承认自己是个扫把星，害人害己。

夏炎已经昏厥了整整一天，医生给的解释只是劳累过度，至于为何一直昏迷不醒，他也没法给出答案。后来父亲赶了过来，才说了实情，夏炎为了保护我，危急之下，强行使用了稀薄的青目血脉，增加自己的能力。这对于一般的分支族人来说，只会受点重伤，倒也不会有什么大碍，但也存在着风险。

"他倒的确没什么大碍。"父亲顿了顿，又说，"只是可能会失明。"

"爸！你能帮他的，对不对？他可是为了救你女儿才这样的啊！"我有些急了，死死地拽着父亲的衣服。

"我又没说不帮他。"父亲翻了个白眼，"我刚才已经在他的穴位上扎了三根银针，应该可以帮他恢复视力，但也不是百分之百。"

下午，父亲走了，但我依旧固执地守在夏炎的床边。

睡着了的夏炎嘴角是平的，唇线是条简短的线，我记得这个傻子每次都在我身后十来步的地方，有时候错过绿灯，他就算闯红灯也要跟上来，偶尔会听见司机"小子你找死啊"的谩骂，那时他或许还是在笑，傻傻的，原谅所有伤害他的人。

七

一周后。

病房里很安静，此刻天阴着脸，窗外的云压得很低，骑在了远处大厦的头顶。这一周来，我天天都来看夏炎，但他却始终昏迷，一句话也不说，一个傻笑也不给我。

"傻子，快点醒过来好不好？"我鼻子一酸，眼泪又流了下来，然后趴在了床边。

"小清。"这句呼唤轻轻的，是许久不发声的声带才会有的音色。

"死夏炎！"我一下抬起了头，连眼泪都来不及擦。

"抱歉，让你担心了。"夏炎的声音依旧轻轻的，他哼了哼嗓子，露出了久违的傻笑，"你怎么哭了？"

"闭嘴！"我连忙胡乱地擦了擦眼睛，瞪了他一眼。

"你眼睛好了吗？"

"好了，就是看东西有些模糊。"

"那你怎么看出我哭了的？"我脸一红。

"因为你的声音不对啊。"夏炎的声音听上去怯怯的。

"喂。"我开始用手指绕起了发梢，夏炎或许看不到这个女生紧张时候的小动作，而我半天都没有继续说下去。病房里顿时安静了好久，我不知道夏炎是否已经在猜测我"喂"后面的话——"你可以继续保护我"，大概会是这样。

"小清，我不能再保护你了。"

"什么？！为什么？！"

"有个人……"夏炎突然声音弱了下去，"不希望我再保护你，这人对我来说很重要……我不想失去。"

有个人？谁？我突然僵住了，像是被人打了蒙头一棒。原来这个傻子有了喜欢的人了，其实他对我好或是舍命保护我都只是因为本家人的命令，现在他心爱的人要他回去，他就必须要走了，走得义无反顾。

头突然没有预兆地痛了起来，昏黄的阳光从侧面射来变得无比得刺眼，像是钢针一样扎进了我的太阳穴里。而夏炎依旧低着头，像是在想最后告别的话语，也或许是在想"那个人"。

我可以清晰地感觉到自己的眸子被眼泪润湿了，尽管眼睛紧闭，但眼泪还是流了下来，太阳穴的刺痛像是一条小蛇，移动到了我的双眼上，那是青目要恢复的前奏。这样的话，夏炎更没有理由留下来了。

我的青目回来了，脑海深处像是飞出了一把把尖刀，在我的脑皮层上刻出了被遗失的那段完整的记忆——

我看到了阴暗的巷子里，看到了手拿钢针的男人，看到了鸭舌帽下面的面孔——夏炎。

恢复青目的刺痛渐渐褪了下去，或者说是转移到了心口。眼泪流了一半就停了，眼中的夏炎早已抬起了头，没有傻笑，一脸虚伪的茫然。

"是你……是你当初想要夺走我的青目，我全记起来了，你和最近想伤害我的人是一伙的吧？一旦我的青目恢复了，你们就会再次动手！"我的声音嘶哑得如同破旧的鼓风机。

"夏炎……为什么要骗我？！"我逃一般地离开了病房，视野在不停地左右摇晃，我狠狠地擦了擦眼睛，可它却更不争气地流出了更多的眼泪。我冲到外面才发现下了很大的雨，雨声铺天盖地地袭来，冰冷的雨水浸湿了衣服，皮肤和心一同冷了下来。

我漫无目的地走着，打雨伞的没打雨伞的都用同一种眼光在看我，但没人敢靠近，我就像一只淋湿的刺猬，在风雨中倔强地撑开了自己的刺。

我拐进了一个小巷，希望能少点人看到这样狼狈的我。雨水从天而降，挤满了狭长的巷道，我抬头发现前方已是死胡同。

"哒哒哒"，由远到近传来了混杂在雨声中的脚步声。这人最后停在了我背后不远的位置，堵住了唯一的逃跑路线。

我转过身，看到了戴面具的那个人。

"是你……"

"既然你都知道了，我也没有必要隐藏了，本家大小姐。"他摘下了面具，正是夏炎。而此刻的夏炎哪有大病初愈的模样，他不屑地一笑，声音嘶哑了许多。

我沉默不语，感受不到一丝的恐惧，只是觉得心像是被人玩弄于股掌之间，最后时机到了，被轻轻捏爆。

夏炎没有再多说什么，他露出了夹在指间的钢针，向我冲来，而我并没有躲开。

分支家族的人可以强行提高自己的青目血脉，我为何不行！？

我猛然抬头，视线突然间变得细微，此刻我能清晰地看清眼前的夏炎的每个动作，每个表情，它们都是如此的陌生和心寒。我轻而易举地就躲开了他刺来的钢针，然后右拳用力，狠狠地砸在了他的肚子上。青目不仅仅提高了我的感观能力，还提高了我的力量。

此刻的夏炎完全不是我的对手，我发泄式地乱打让他陷入被动，但很快，力气就开始吃不消了。在我耗尽力气之前，夏炎已经被我打瘫在了地上。我拾起了他的钢针，在雨水中，眼中的它锋利无比，刺穿了一粒又一粒的雨滴。

抬手，甩下。

"不要！"

不远处被我忽视的雨声中突然乱入了一段熟悉的声音，我愣了半拍，但钢针还是甩了过去。这时，一个身影从拐角处闪了出来，替夏炎挡住了这一针。

不对，这个人也是夏炎！但……怎么可能？！

被钢针刺中肩膀的夏炎在雨中抬起了头，露出了熟悉无比的傻笑。

"夏清，他是我哥哥……"

话刚落，他便在我眼前晕了过去。

"夏炎！"

"弟弟！"

"这到底怎么回事？你到底是谁？！"

"我是他哥哥夏克！"那人吼道，他狼狈地从地上爬起来。

"都怪你，是你害的他！是你那该死的青目害得他只能活 18 年！变得傻傻的！是你的青目夺走了他的一切！"

"你说……什么？"我有些不知所措。

夏克突然变得沉默了，眼神中不再是凶狠，他低下头，把自己的弟弟紧紧抱在了怀里。

"青目在家族里是必须出现的，当血脉过于稀薄时，本家族人每出现一个青目，分支族人就会有一个同辈人牺牲十八岁以后的寿命。"夏克的声音在颤抖。"我查遍了家族古书，找到了破解的方法，那就是把你的青目毁掉，才能把属于夏炎的东西还给他。"

"他……知道吗？知道十八岁以后会死……"

"知道，但本家族人骗他说失去青目的你会死。"

不知何时，雨已经停了，最后那点雨沫像是怎么扯也扯不断的藕丝，毫无声息。夏克拔掉了夏炎穴位上的钢针，钢针落到我右手边的水洼里，附在上面的血丝如鱼得水一般染红了雨水。

"真是个傻子，我怎么可能会死……"

我从那洼血雨中拾起了钢针，然后扎向了自己的青目穴，顿时我瞳孔一缩，青芒大作。夏克吃惊地望着我，紧紧抱着夏炎，勉强地向后靠，他以为这是我的最后一击。

"不用紧张。"我颤抖着呼出了一口气，像是散失了所有的力气。

"三日内我的青目之气会全都散掉，如果你说的没错的话，夏炎的寿命应该都会回来。"

夏克脸色复杂地看着我，紧抱夏炎的手终于松开了，眼神中也早就没了当初的凶神恶煞。

"别开心得太早，如果我说是为了夏炎自毁了青目，父亲肯定不会放过他。"我白了他一眼，没好气地说，"所以你赶紧逃吧，逃得越远越好，毁了本家人的青目，这罪名可不小。"

这时远处传来了救护车的长鸣，大概是夏炎一开始就叫的。夏克把夏炎抱到了我的身边，抬头看了我一眼，说了句"好好照顾他"就头也不回地走了。

八

三天后，病房。

我拿着水果进病房的时候，护士小姐的眼神说不出的复杂，好吧，我知道自己是常客，是扫把星，夏炎两次进医院都是因为我。

病房里静静的，白色的病床白色的被单，夏炎穿着白色的病号服，脸色苍白地睡着了。窗户大概是护士开的，这天早上天气出奇得好，夏日最温暖的阳光把病房打照得很亮堂，晨风带着露珠的湿气从外面吹了进来。

我来到了夏炎的身边，坐在了一旁的椅子上。父亲还不知道我彻底失去了青目的事，我自然也没有必要供出夏克，当初说那席话是故意的，谁让他这么弟控！

"你怎么不偷偷亲我下？""熟睡"的夏炎突然睁开了双眼，他狡黠一笑。

正在看他的我一时没反应过来，身子一仰差点翻过去。这时我的双眼一痛，熟悉的感觉又来了，这大概是我最后一次使用青目。

我眼前的阳光灿烂得要死，一切都融进了白芒之中。

"你没事吧？"夏炎笑着说，他抓住了我的手，一拉，色胆包天地把我抱在了怀里。我如梦初醒，闻到了一股干净的味道。

"喂喂喂！"我使劲推开了，脸上火辣辣的。

"你脸怎么这么红？"

"要你管！别以为智商提高了就可以欺负我！"

"你刚才使用了青目？"

"要你管！"

"你看到了什么，和我的未来？说说嘛。"

"要……要你管！才……才不会说！"

"难道是看到了和我结婚的样子，所以脸才这么红？"

"死变态！"我掀掉了他身上的被子，然后狠狠砸向了他的头。

他居然猜这么准！

我叫夏清，喜欢夏季，但此刻秋日将至，寒蝉凄切。在这个夏日里，我彻底失去了青目。按照父亲当初的意思，夏炎得保护我一辈子，虽然父亲还不知道事实。夏克那个弟控真的逃到了国外，我心有不安，想跟他道歉。

在这个夏日，发生了一个关于爱情的故事，男孩保护了一个夺走他十八岁以后寿命的女孩，而女孩却为这个男孩牺牲了青目。这个故事听上去有些悲伤，但它九曲回转，最后却停在了一个名叫"幸福"的入海口。

Part 4

一声哀叹

青春
何苦如此

我看见我了。

在一片尘埃之中。

还有快乐、幸福、爱情和贪婪等。

原来贪婪真的死了，也化成了哥洛里星上的尘埃。

原来只剩下了孤独。

悟空之死

在一片幽暗的梦境中，眼前的"我"浮在半空，他慢慢地远去，最后被无尽的黑暗所吞噬。

当初我大闹天宫没有死，跟如来斗法没有死，为何如今在这该死的梦里，一次次打死了自己？

我梦中的自问，始终无人回答，也似乎不会有人回答。

"回花果山吧。"

冥冥之中，我突然听到师父菩提老祖这样说道。他的声音在梦境中出现，显得有些突兀，像是劝告又如同嘲讽。

"我为何要回花果山？！我要去西天，我要成佛，我要五百年后再与天地一争高下！"

"泼猴！你明明知道刚才那只妖精是佛祖座下一个罗汉的坐骑，你还要杀它！"

"我那是替那个罗汉清理门户。"

"放肆！那罗汉掌管经书，我们避不了要和他打交道！"

"那就打交道呗，实在不行就打呗。"

"你个混账……"

"秃子，注意你的措辞！"

"信不信我……"唐僧刚要发怒却被八戒拦下——

"师父，山谷里面紧箍咒的信号不好，三思啊……"

唐僧老脸一红，不说话了，他撇开话题问八戒道："八戒，算上刚才打死的那只妖精，我们经历多少难了？"

"额……十来难吧？"

"沙僧，我们走了多久了？"

"我估摸着已经有十万里了。"

听到这，唐僧勒马停下，他遥望远处群山，久久地才从牙缝里挤出一句话来——"这是要闹哪样……"

在山谷之中，天空看上去高远得有些过分，远处陡壁上沾了一些阳光，金灿灿的，如同鎏金。此刻正是初夏，幽静的山谷里郁郁葱葱，潺潺的暗溪在山谷深处发出悦耳的"咕叮"声。

孙悟空瞭了一眼前方的山路，感觉不到丝毫的妖气。

"先停下来商量一下对策吧。"

"说好的十万八千里，现在只剩下一个零头了，但劫难才经历了不到二十次，就算算上我前几世被沙僧在流沙河搞死的几难，也凑不够四十难啊。但这都快到灵山脚下了，你们怎么看？"

"要么咱分行李各回各家，先放个长假？"八戒试探性地来了句，却见其他三人沉默不语，唯有白龙马怪嘶了几声，像是在嘲笑，"当我没说……"

"分行李别想。"唐僧脸色一阵铁青，"放长假倒可以考虑。"

"秃子你不会是认真的吧？"孙悟空幽幽地说道。

"放肆！叫我什么呢？你这泼猴……"

唐僧刚要发作，却又想起方才八戒的劝告，只好作罢。他愤愤地坐下，于是八戒又说："取经之前，我心里一直有个疙瘩，那就是翠兰到底是不是真心爱我……"

"必然是假的，当时是你抢的人家好吗。"

"沙僧，你不要只听高老头的一面之词！"

"高老庄上上下下很多人都是这么说的……"

"你懂什么？你个卷帘子的小喽啰……"

"都闭嘴！"唐僧大手一挥，"八戒你这假准了。"

"师父，我也有心结，那就是去流沙河里把琉璃灯盏的碎片找到……"

包括白龙马在内的四人都沉默了。

"老沙，你当时把琉璃灯盏摔成多少块了？"

"几百块吧……"

唐僧嘴角抽搐："成吧，你们都去吧，一个月后在这里集合。"

八戒沙僧二人卷着各自的行李头也不回地走了，最后连白龙马也被唐僧放回了西海，偌大的山谷里只剩下了唐僧和孙悟空二人。

"悟空，你有什么打算？"

"没有。"

"佛祖和天庭给我们定了西游的人生，经历九九八十一难，走过十万八千里，取真经，成佛。悟空，不远处就是灵山了，你连半个跟头都不用翻就直接到了，我们再走个几天就能完成心愿了。"唐僧说着，脱下了袈裟，坐在了石头上，擦了擦头上的汗，他沉默了一会儿，见悟空没有说话，于是又说道："但成佛真的就是我们的心愿吗？悟空，你这几天夜里做梦总是在喊'师父，为何赶走我？'虽然我去年在白骨精那一难中的确赶走了你，但那只是你我师徒二人为了骗观音的取经经费合伙演的一出戏而已，再说你平时叫我‘和尚’都算客气了……所以这个‘师父’应该是菩提老祖吧？”

　　“其实我也没有把你当徒弟，按岁数，加上白龙马，咱五个人里数我最小，这么多年了，都是兄弟。”唐僧挠了挠自己的光头，嘿嘿地笑了笑，“你去斜月三星洞吧，如来和天庭那边我替你扛一会儿。”

　　孙悟空内心深处突然一揪，眼前这个和尚明明每次遇到妖怪总是跑得最快的那个，如今却装作一副老大哥的样子说要替自己扛着。这倒有了几分师父的样子。

　　孙悟空突然又想起了那几夜的梦来，或许师父真的知道些什么。

　　“和尚，你别乱跑。”孙悟空顿了顿，“我去去就回，这个山谷很安全，没有丝毫妖气。”

　　“是，都怕你，谁让你是齐天大圣呢。”

　　孙悟空不语，他腾空而起，一个跟头后便不见了踪影。唐僧望着孙悟空离去的方向，眼神突然变得哀伤起来。

　　“悟空，我只能帮你到这儿了。”他十指相合，缓缓说道，“剩下全靠菩提师祖了。”

二

那座山依旧是那座山，高耸入云霄，难攀登，难寻径。

孙悟空记得当初他登灵台方寸山时，自己还是个普通的石猴，不远万里来到西牛贺洲拜师求艺，久跪门外，被师父收留，三更学艺，学得七十二般变化……

孙悟空狠命摇了摇头，他害怕往事一旦被想起来就会没完没了。

筋斗云轻轻地停在了斜月三星洞的洞口，五百年了，当初的菩提树依旧郁郁葱葱，和五百年前一个模样，似乎完全不曾生长过。四周静悄悄的，黄昏时分的斜月三星洞被天边的夕阳涂抹了一层昏黄，孙悟空的影子笔直地竖在菩提树的旁边。

影子折断的时候带着"扑通"一声——孙悟空跪了下来。

"师父，您一定知道我来了。"

"师父，我在梦中一直在杀自己。"

"师父，您为何让我回花果山？"

"师父……"

无人应答的方寸台上依旧只有一个拦膝折断的影子，天际的夕阳逐渐落入了云海，阳光开始变得血红，然后是暗红，最后，夜幕来临，东处腾然出现了一弯皎月。

"悟空，你可还记得五百年前的你？"

菩提树上落下一片叶子，它在半空中翻滚了一圈，随后变幻出一个人影来。

孙悟空抬起了头，看见师父正浮在半空，背对着他。在传授武艺的那个夜晚，也是皓月当空，也是浮在半空，菩提树也是菩提树，师父还是师父。

这不就是五百年前的场景吗？难道我不再是五百年前的我了？

孙悟空低下了头，他眼前银灰色的影子像一层薄纱，但夜风一起，那尘土就会飞舞起来，根本遮不住任何东西。

"师父，我不就是我吗？五百年前，五百年后，跪在这儿的永远都是我。"

"悟空，你命中有一劫，这一劫躲过去了你就还是你，躲不过去你就不再是你。"

"徒儿愚笨，还请师父……"

"我不是你师父，你回花果山吧。"

这次菩提老祖没有再敲他的脑袋，没有给他任何的暗示，只是让方才那片菩提叶轻柔地落进了尘土里，然后自己消失不见了。孙悟空不愿起来，他的膝盖跪得麻木了，"回花果山"这几个字眼疼得让他生怕一旦起身就会坍塌成膝下的一抔土。

"孙悟空！"那个人身穿一副锁子黄金甲，头戴一顶凤翅紫金冠，足踏一双藕丝步云履，像一个发了狂的疯子。

"杀了他，孙悟空！"

不知谁这样说道，我看着发了狂的自己，心里冰冷无比。

我拿着金箍棒一个翻身迎了上去，在无尽的幽暗中，战场无边无际，两根金箍棒碰撞的尖锐刺耳声不停地响起。又是同样的一棍，那人还是没有躲过，最后被这致命的一击打倒，落到了我脚底的幽暗里。

这次的梦中，没有再出现菩提老祖。

孙悟空醒来的时候还是保持着跪姿，清晨的阳光不比夕阳时分的优柔寡断，它更像一双推人的大手，但这双手并没能推走孙悟空。

一个月来，斜月三星洞的洞口一直紧闭，一丝阳光，一缕月光也挤不进去。这天清晨，孙悟空终于缓缓撑地而起。

向西，半个跟头就可以到和唐僧约好的山谷，孙悟空犹豫着看了眼洞口，最后还是唤来了筋斗云，腾空离去。

那个无名山谷依旧郁郁葱葱，从上而下望去，贯穿山谷的小路清晰可见，但孙悟空却看不见一个人影。

"土地老儿？！"金箍棒忽然变长，向地面砸去。

"大圣你怎么又回来了？"尘土过后，一个老头子出现在了地上，他一个劲地咳嗽，像是被吓得不轻，"昨天你不是和唐僧他们走了吗……"

"昨天我还在斜月三星洞，怎么会和唐僧在一块？！"

"难道……是假的？"土地老儿小心翼翼地问道。

浮在半空的孙悟空不语，他紧捏着金箍棒，骤然向西飞去，随之带起了一阵暴躁的狂风。

山谷向西的树被这狂风压出了一道轨迹，此刻孙悟空的心里憋着一股难以形容的怒火。不过半杯茶的工夫，他便看到了不远处的下面有四个人影。孙悟空猛地加速扑了过去，怒吼道——

"是哪个妖孽，竟敢假冒俺老孙？！"

假冒的孙悟空似乎也感受到了背后浓烈的杀意，他猝不及防地回头，也抽出了一根金箍棒。

"砰！"刺耳的撞击声和梦中的一幕如出一辙。

狂暴的余威扩散开来，直接让唐僧从马上摔下，四周的树也被压倒了一大片。数十个回合之后，孙悟空发觉这个冒牌货的实力并不比他差。一样的长相，一样的七十二般变化。这个冒牌货会的太多。

冒牌货并不恋战，数十回合后便不再打了，而是来到唐僧的跟前。

"师父，他是假的！只有我才能护你西天取得真经。"

"和尚，不要听他妖言！"

"你才是妖精！"

"你们不都是猴精么？"唐僧无奈地说，他看了眼左边的，又望了眼右边的，口微张，却又闭上，"我是真的分不清了……"

孙悟空看到了唐僧欲言又止的小动作，心中不由又是一怒，道："你是分不清，还是不愿分清？！"

面对孙悟空厉声质问，唐僧低头不语，只是一副正经的和尚模样。孙悟空又看向八戒和沙僧，发现他们的目光也是躲闪。

"回花果山吧……"唐僧幽幽地说道。

孙悟空从未这样失落过，他感觉自己自始至终都是被抛弃的人，无论是师父，还是和尚，或者是师弟们，都在赶他走。

"你敢不敢与我去一趟天庭，一分真假？"

"哈哈哈，好！好得很！俺老孙就陪你去一趟天庭，非要把你打回原形！"

假冒者没再反驳，而是一个跟头冲天庭翻去，孙悟空恶狠狠瞪了眼唐僧，然后紧跟其后。

等两个孙悟空都走远了，唐僧这才叹出了憋了好久的一口气。

"回花果山才是他真正的归宿。"唐僧望着天空，觉得浮在那里的厚实云层像是华丽的盾牌，逼迫着大地，又抵触着苍天，"他还是不明白菩提老祖的良苦用心。"

"可我们也只能帮到这儿了，话说你能分辨得清谁是谁吗？"

"废话，刚才厉声质问我的必然就是真的。就算还分不清，随便问下两个月前为师被蜘蛛精妹子拐走后他坏的好事也可以分出来！"唐僧没好气地说道，但眼神里又满是悲哀，"这是他的一个劫难，这劫难躲不了，悟空也不会躲，他是齐天大圣，他向来都是去斗的。"

"菩提老祖知道你是劝不住的吧？"

"他都劝不住我怎么能行？但我还是希望悟空能躲过去，因为有些劫难你没法去斗。"

四

"两个孙悟空闯进凌霄宝殿啦！"

南天门的两个门神破嗓大喊，但等这声音传到凌霄宝殿，这两个孙悟空却已经到了凌霄宝殿的门口。

"玉帝，你懂得多，你倒是给我看看，我们谁是真的？"

坐在大殿深处的玉帝似乎并不惊讶于这两个人的突然闯入，凌霄宝殿一阵死静，没人说话，也没人敢说话，孙悟空察觉到了一丝危险，这个当初被他砸烂了的宝殿此刻就像是一个活生生的陷阱。

但他还是走了进去，仿佛如果不进去的话他就不是孙悟空了。他停在了大殿中间，发现那个假冒者也跟了上来。大殿里的每一个人他都认识，都交过手，都是他的手下败将，如今，他看见他们手里拿的都是擦得发亮的宝物。

孙悟空冷冷一笑，这笑声不大，却在宝殿里被听得一清二楚。

"果然是这样……给我杀了这两只猴子！"

滔天的仙气瞬间爆发了，一把把宝器全都齐刷刷地刺向了站在宝殿中央的那两个不动的身影。

"俺老孙五百年前大闹了一次天宫，今天，就再闹一次！"

神将们如同赤洪涌入旋涡中央一样冲向了孙悟空，随之而来的是一声野兽的咆哮，被掀起的神将如同绝望的浪花，不停地消逝在后面的洪水中。

"玉帝！你为何打俺老孙？我是真孙悟空啊！"

假冒者此刻困惑的怒吼显得无比的滑稽，但蜂拥而来的神将却没工夫理会这个玩笑，他们用尽力了全力，每招每式都尽是杀气。

"吼！"

尔后，两声同样的怒吼同时响起，四周的神将被这铺天盖地的妖力震残大半。但紧接着，天际又涌来了新的人马。凌霄宝殿从未如此的拥挤和冷煞，仿佛是因为天地颠倒，这里反而成了最恐怖的地府。

两人相互一视，也不管这场突然的变故，而是合力冲向了外围。

"二郎神！太白金星！拦住他们！"

五百年前，或许这两人齐力是可以拦住一个孙悟空，但此时却是两个。他们挥下各自的金箍棒，那力量让天地一颤，滔天的煞气随之直冲更高的云霄，颤抖的天空仿佛又要破出一个口子来。

等九重天再次平稳下来，两人却早已不见了踪影。太阳鸟冲出云海，飞向了另一边的天空，漂亮的余晖洒满凌霄宝殿，若是没有那里的残垣断壁，方才的一切仿佛根本没有发生过。

五

"这下怎么办？"十万里以外的一处高峰上，孙悟空正抓耳挠腮，他很想一棒子打死眼前的这只猴子，一了百了，但转念一想，这一旦打起来，又会没完没了。

"你到底是谁？"

"我是孙悟空。"

"这里没外人。"

"我是孙悟空。"

"地府深处有只神兽，名叫谛听，它可以坐听八百，卧听三千。"

"那就去呗。"

但孙悟空并没有立即动身。

"其实你和我都很明白谁真谁假，到最后你可能只有一死。"

"哈哈，天大的笑话！"

孙悟空见好言相劝无用，于是怒气又涌了上来。两人再次厮打了起来，翻来覆去地斗着，就这样一路打到了地府。

阴森死寂的地府寒气逼人，两人不分青红皂白，直接闯了进来。怒吼充斥着各殿，但无人敢拦，于是便任由他们冲到了地藏王菩萨的洞府前。

洞府是开着门的，洞口种着一棵古老的槐树，四处总有不知从哪来的阴风吹着从树上落下的细小叶子，那沙沙的声响听上去像是在迎客，但又像是在逐客。

"地藏王菩萨，快出来！"

"孙悟空，不用喊了，我就在这儿。"

孙悟空回过了头，他看到眼前的槐树和落叶早就没了踪影，而是多了一个黑脸的菩萨和一只正在嗅着什么的白犬。

"原来是躲在门口。"孙悟空笑了，"这就是菩萨你的神兽谛听吗？"

"正是。"

"让它听听，我们谁才是真正的孙悟空！"

菩萨摸了摸谛听的脑袋，然后松开了手。

谛听先是靠近了两位孙悟空，然后又嗅了嗅他们的味道。

"谛听，你可知谁真谁假？"

谛听退了几步，没有立即给出答案，而是俯身跟地藏王菩萨窃窃私语了起来。

"谛听！"孙悟空的语气中带着几分怒气。

谛听回过了头，看着眼前的两个孙悟空。

"你们两个都是孙悟空。"

"什么？！"孙悟空愣住了。

谛听抬头看了眼他，又嗅了嗅阴沉的风。

地府的天空向来是九幽泉的颜色，这里无木无草，或是死木死草，唯独忘川河畔处有盛开的彼岸花诠释着生与死的刹那。谛听明白，像孙悟空这样十类之外的存在，死就意味着成为虚无。

"大圣，回花果山吧。"

"大胆！"菩萨呵斥道，脸色铁青，"快说出正主！"

"佛法无边。"

对于主子的呵斥，谛听最终这样说道。

六

在西去灵山的路上，两人都不再动手了，孙悟空又想起前些日子做的那个古怪的梦，在梦中他不止一次打死了自己，或许这个"自己"就是身边的假冒者。

"你不觉得古怪吗？"

可那个假冒者不语，于是孙悟空又自顾地说道："师父和和尚让我回花果山，谛听方才也让我回花果山，而且菩萨为什么要那样呵斥谛听？更奇怪的是……天庭居然二话不说直接要斩杀我们，好像是早就知道我们会去一样。"

为了不让天庭发现他们的踪迹，两人并非在云霄之上飞行，而是紧贴在阴沉的天空下直奔灵山。此刻的天空阴沉得与刚才的地府无二，有雷声从很远的地方传来，像是某种神兽的悲鸣。

"到了灵山你会死。"孙悟空缓缓说道，"就像梦中一样。"

"哦？梦中的你可是你？"

"当然。"

"你应该听谛听他们的话，回花果山。"

孙悟空没有说话，若是之前，他必然又会暴怒，但这次他居然从这几个字中听到了少有的诚恳。他到底是谁？是否就是梦中的另一个"我"？那个"我"又是谁？孙悟空觉得始终想不清楚这三个问题，也或许这三个问题本身就是同一个问题。

凛冽的风迎面吹来，空气被两人极限的速度不断地撕开。下面的山缓缓过来，又缓缓离去，唯有河流一直延绵不绝。

孙悟空突然有些怜悯起了身边的这个人，假冒自己无非是想代替他去西天成佛，但就像唐僧说的那样，成佛真的是我们的命运吗？

而此时，灵山那灿烂的金光便已经出现在了两人眼前，而盘踞在山顶的大雷音寺，更如同一只栖枝的太阳鸟。

如来正坐殿中，其他诸佛罗汉菩萨也都在。

有那么一瞬间，孙悟空觉得大雷音寺大殿里的气氛和凌霄宝殿里的一样。

"如来，我和他谁真谁假？"

"打一打不就知道了，真行者总归是技高一筹的。"

孙悟空刚要发作，却见那个假冒者已经打了过来，这次的一招一式尽是死招，全然没了刚才路上的模样，他似乎突然是要一心把孙悟空置于死地。

"汝等俱是一心，我等且看二心竞斗而来也。"

如来说的话让四座皆笑，孙悟空一阵狂怒，猛然发力把假冒者震到一边。

"如来！"

"我自然是知道真假，六耳猕猴！"

孙悟空愣住了，他从未听说过什么六耳猕猴。刹那间，金色的大殿突然暗了下来，罗汉，菩萨，都不见了踪影，在这片暗金色之下，如来面无表情，不远处的假冒者也停止了攻击，他发出了类似于挣扎的哀号。

"如来！是你告诉玉帝我们会去凌霄宝殿的？"

"我还告诉他，你们要拆了凌霄宝殿。"

"原来师父知道你的计划，所以才让我回花果山。"

"菩提那个老东西总爱多管闲事，但你若真的去了花果山，我倒是真的不会再为难你，毕竟这个孙悟空比你听话太多，更适合当取经的代言人。我给过你机会的，我知道玉帝是斗不过你的，我以为你会知难而退。"

"知难而退？我孙悟空何时退过？！卑鄙的如来！竟然捏造了一个假的我！"

"你错了，他就是孙悟空，是一心求佛的孙悟空！而你是孙悟空的心魔！"

"心魔？！哈哈哈哈……"孙悟空的双目变得赤红，磅礴的妖气让四周的暗金愈加的偏黑，他撕下了身上的和尚装，露出了里面的黄金甲和双藕丝步云履，以及那一顶凤翅紫金冠，"我们本是一心！快来助我！一同杀了如来！"

"放肆！"如来怒吼道。

不远处的另一个孙悟空也冲了过来，他抡起了金箍棒，而孙悟空也抡起了金箍棒。孙悟空狠狠地打向了如来，但另一个孙悟空却打向了他。

和如来金黄之力旗鼓相当的赤红之力立即暗了下来，两股力量前后冲向了孙悟空，让他顿时六腑俱裂。孙悟空一口血喷了出来，落了下去，就好比当初落到尘土中的那片枯黄的菩提叶，就好像梦中死去的自己。

"佛祖和天庭给我们定了西游的人生，经历九九八十一难，走过十万八千里，取真经，成佛。但成佛真的就是我们的心愿吗？"

孙悟空的脑海中突然闪现出唐僧的这句话来。

当然不！我是孙悟空，我是齐天大圣，所以我不回花果山，不去躲开这场劫难！

我要成佛，再与天斗！

孙悟空最后的念头随如来手影降临而灰飞烟灭，在这片黑暗来临前，孙悟空终于闭上了眼。

我是……

齐天大圣……

孙悟空……

七

"六耳猕猴已死，你快去保护你师父吧。"

如来翻开了手，顿时暗金光芒大作，雷音寺再次恢复了往日的辉煌和肃穆。菩萨与罗汉们惊奇于佛祖不过是抬手翻掌间便制服了假猴子。

"是，佛祖。"

"你为何要成佛？"

"脱离妖道，修成正果。"

孙悟空跪拜在如来面前，答得毫不犹豫。

八

"哎。"

唐僧叹了口气，在西去的路上，走在前面的孙悟空不再叫他和尚或是秃子，师徒四人的行李他也背了大半。

　　但唐僧还是抱着侥幸心理骑马跟到了孙悟空前面，试探性地说："悟空，你知道吗，其实高翠兰对咱八戒是有意思的。"

　　"嗯。"

　　"沙僧的琉璃灯盏碎片屁也没找到一点，真是辛苦他了。"

　　"嗯。"

　　"哎哎，你知道白龙马回去后被他爹揍成什么样了吗？哈哈哈哈，笑死了，现在是真心拍不得马屁股了。"

　　"嗯。"

　　唐僧干笑了几声就无趣地停下了，只有白龙马配合性地嘶了几声。后面的八戒和沙僧全都低着头，像是被牵了线的风筝，老老实实地飞在各自的天空上。

　　唐僧突然明白了，他们各自的人生或许只剩下成佛这一条路了，无论高翠兰多么地对八戒有意思，八戒也要西去，若是反抗或许下一难会是真假猪八戒，而沙僧的琉璃灯盏或许这辈子是搜集不齐的了，搜集齐了又如何呢？玉帝真的会收回对他的惩罚？

　　唯有成佛。

　　唐僧突然有点后悔了，当初他就不该一时冲动答应唐太宗去什么西天，就不该那么轻狂地许下诺言。他明白，自己即将取得的真经会被带回大唐，会被用去教化百姓，但这真经却无法救助他的三个徒弟。

唐僧这样想道,觉得有些讽刺,又觉得有些自私。

"喂。"唐僧不再叫他悟空了,"悟空死的时候,体面吗?"

前面领路的孙悟空突然停下了,白龙马也胆怯得不肯多走一步,八戒和沙僧被突然的变故吓得脸色发白,唯有唐僧坐在马上等着前面那人的回答。

"体面,死的时候身穿一副锁子黄金甲,头戴一顶凤翅紫金冠,足踏一双藕丝步云履……"

有那么一瞬间,唐僧觉得眼前的这人变回了当初叫他秃子的悟空来,但接下来的两个字却彻底打消了他的妄想——

"……师父。"

这时的唐僧才真的明白,悟空已死。

雪莱之死

一

"宇宙日第十三天，第十三场轮回，人类不灭。"

透过 5 米厚的高纤维玻璃上淡淡的字迹，我看见哥洛里星正闪着最后的幽蓝色的光。

我正注视着它，从十年前开始就是如此。

这颗星球似乎略显不安，它孤寂于真空之中，体积不过几十万立方千米，像是一只可怜的兔子。方圆十光年内再无第二个星球，但过不了多久，它就会成为宇宙的霸主、万物的死神，是连光都无法逃离的存在。

"您已经注视这颗中子星整整一天了。"卡卡端着咖啡走了过来，冷灯光下，它颀长的机械身子在光滑的地板上投下一抹淡蓝色的影子。

"卡卡，今天是……"

"宇宙日第十三天，凌晨，公元 3013 年 2 月 1 日，哥洛里星变成黑洞的前一天。"

"不，今天只是地球的冬至，再过一两个月就应该是春天了。"

卡卡走到了我的身旁，把咖啡递到我的面前，说："您的说法是不准确的，地球早在第二个宇宙日的末端就丧失了四季，如今是亘古不变的冬季……大概零下 200℃左右。"

"但是，曾经人类尚未脱离地球的时候，无论四月多么冷，他们都愿意称之为'春天来了'……我觉得你很像是一个第十三宇宙日的人类，甚至说更适合迎接宇宙日第十四天。"

"尊敬的分析师，我只是个没有人权的机器人。"咖啡并不烫，几口之后便见了底。我意识到卡卡哪怕已高度智能，但在思想上依然是智能化的机械奴役，和它讨论这些没有意义，哪怕只是调侃。

我不再说什么了，控制室静静的，没有任何声音，只有眼中的哥洛里星在飞速自转着。在咖啡上方氤氲的空气里，它依旧幽蓝，光滑，两极迸发着强大的气流，像一只愤怒的眼眸在喷射着泪水。

它似乎也在注视着我。想到这，我的心猛然一颤，少许咖啡洒了出来。这不可能，飞船之所以能在中子星附近停留，是因为飞船本身就被高维度材料紧紧裹着，自然不受低维度的物理法则束缚，它哪怕拥有智能，也无法看见我。

"您似乎不大舒服。"卡卡用冰冷的声音做出了它的判断。

"哥洛里星只是个极其普通的中子星，它的湮灭和它即将形成的黑洞，在这片庞大星系里甚至激不起一点水波，我实在想不通您为什么会选择来记录这颗星球的死亡。"

"我不是来记录星球死亡的，我只是来再看它一眼，十年前我就在注视着它。"我尝试着给卡卡进行解释，"明天整个三维宇宙将再次重启，这里是我们人类的故乡，甚至我们依旧保持着三维的存在模式，哪怕我们掌握了高维度的力量，从四维到五维，我们抛弃了时间，但依然在用时间计算着各自的年纪。"

"力量本身并不可怕，可怕的是它的主人——人类。"卡卡说道。

"我们吗？或许吧，帝国最新的科技，已经在探索九维的力量了，人类的基数再庞大，也无法踏遍整个多维宇宙。更何况人与人之间的科技，也有跨越万年的鸿沟。"

"可您是帝国的分析师。"

"如果我到那个星球，能活多久？"我不想再说下去，于是长吁了一口气。

"大概 0.00013 秒，您会被瞬间压成一粒尘埃。"

"如果我戴上保护罩呢？"

"高度螺旋状的八维材料可以把您隔绝起来，您会存活到明天清晨。"

"可我感觉有一个人在那里活了上百年。卡卡，不要用科学去否认。"我顿了顿，"刚才一刹那的心悸，就是因为某种注视的回应。"

"那个人一定很孤独。"

"是的，我想去那里。"我敲了敲玻璃，用手指了指哥洛里星。

又是一阵古怪的寂静。检测器显示十光年以外，有彗星拖着长长的云埃默默地迤逦而过，真空隔绝了那本该震耳欲聋的摩擦声，只把绚丽的光映射在了我的眼中。而它可能将是哥洛里星变成黑洞后的第一个食物。

"您真的没有必要，您只需等到明天，记录一下这颗中子星成为黑洞时的数据就好。我还为您准备了威士忌，一点也不上头。"卡卡转了小半圈，正对着我，它用银色的手指比画的样子有些滑稽。

"你可能会觉得我是个疯子，卡卡你肯定知道疯子这个词是什么意思。我已经活了上百年，见证了23颗中子星成为黑洞，而宇宙正在湮灭，曾经所有璀璨的文明，所有绚丽的物质，都被无数的黑洞吞噬成浓缩的物质。但这一切都无法让我有任何的波动，除了哥洛里星。卡卡，去准备保护罩吧，十分钟后我要登陆哥洛里星。"

"百年不过一瞬，帝国早已给您存活千年，甚至更久寿命的资格了。"卡卡说道。

"去准备保护罩吧。"我再次重复了自己的命令，然后喝干了咖啡，连带着吞下了一些淤积在杯底的苦渣子。卡卡又在身后嘟嘟哝哝地发出"您的命令是不准确的"之类的牢骚。我把咖啡杯放在了一旁的架子上，然后穿上了蓝色的外套，离开了控制室。因为卡卡只是个智能化的机械奴仆，它既然属于我，无论我的命令多么奇怪，它都会照做。

"哒哒哒"的回声一直回荡在控制室里，直至在折回中耗尽了最后一丝声波。

　　好孤独。

　　贪婪失踪了十三年，它不在北极，也不在南极。

　　又在故意藏起来想要吓得我大哭吗？

　　我想起来了，他死了。

　　好孤独，

　　但还好，我来了。

二

在暗物质的驱动下，八维等离超旋保护罩缓缓地打开了。

视野之下，哥洛里星荒芜的表面上光滑无比，因为重力将这个星球所有的物质都紧紧压在了一起，让它成了一颗绝对光滑的球体，但靠近了看，又仿佛是一片凝固了的尘海，而这里每一粒尘土，都重达万吨。

快要着陆的时候，净化系统打开了，喷射的高维度物质否定了这里的物理法则，顿时数十米以下的地方尘埃四起，像是一锅沸腾的灰水。又过了一会儿，保护罩落在了地上，但尘埃依旧弥漫。

在暗灰色的尘土中，我突然看见了一个身影。他穿着普通的白色衬衫，黑色西裤，赤足，头发乱糟糟的，定格在绝对真空之中。这个人像是刚从什么地方逃出来一般，但这十光年内本就空无一物。

慢慢地，时间静止了，一呼一吸似乎都要耗尽一个世纪的蹉跎。

我看见了我。

我看见了哥洛里星上的我。

我看见了哥洛里星上与我对视了十年或许更久的我。

尘埃早就老老实实地回到了地上，模糊过后的星空显得更加清晰。

这个身影如果真的是所谓的"人"，他本会在一纳秒内被重力压碎，成为哥洛里星的一部分，不见血肉。此刻我眼前的星空颇为绚丽，偶尔某个星光消逝，怕也是被另一个黑洞吞噬了，但它们依然在闪烁，将十年前甚至万年前的光传递到了这里。而这些都是另一个"我"的背影，荒凉、孤独的背影。

我的大脑似乎从未接收到过如此惊人的信息量，身子开始机械地后退，一步又一步，紧接着又是不断地退后。但"我"穿过万亿吨重的尘埃之路，走了过来，不断靠近我。

"我"的脚步不慌不乱，像是在自己的庄园里漫步。

此刻应该响起什么宏大的交响曲，来抵消这一切带来的惊悚，但我的耳边一片寂静，只有细微的脚步声，由远到近。我突然想起很久以前有一个故事，传说有一个与我同名的诗人雪莱在莱茵河旁看到了另一个自己，于是他就死掉了。另一个自己是诗人的分身，后人都这么说。

很快，我的后背就靠到了玻璃层，没了退路。此时"我"也不再向前，他穿过了保护层，停在了离我很近的地方，仿佛在嘲讽我所有已知的物理法则。他在很认真地看着我，眼眸清澈，像是两颗干净的星球。

说来好笑，我在一颗中子星上，看到了另一个我。而被高科技包裹的我，被他逼到了角落。这一刻，我背叛了我信仰了上百年的科学，但我清楚这不是幻觉，也不是什么高维度的怪物，他就是我，疯了的疯子。

我看见我了。

在一片尘埃之中。

还有快乐、幸福、爱情和贪婪等。

原来贪婪真的死了，也化成了哥洛里星上的尘埃。

原来只剩下了孤独。

三

又是寂静，仿佛在酝酿着死一样的沉默。

或许每一个人都有自己的宿命，有些事是逃不掉的，它并不是劫难。常听四五百岁的哲人说，看似许许多多的岔口都是通往不同的方向，但最终还是以唯一的结局来结束的。不过这些神神道道的哲人，大多死得早，大多数人也不愿意去听。当然，因为自由，也不会有人去阻拦他们的哲学表达。而现在的我，翻肠倒肚竟也无法找到合适的词语来形容现在的场景。这么看来，或许哲人们是对的。

"你来了。""我"说道，语气波澜不惊。

"嗯。"我愣愣地看着他，发了个轻微的鼻音。过了一会儿，他似乎没有听到，于是又自顾自地说："十三年前，贪婪还在的，几十年前，其他的六原罪也还在的，如果再往前推一百年，连快乐、幸福都还没死。人最原始的情感总是最容易存活下来，但现在，就剩下我了。可我也快死了。"

"我"耷拉着脑袋，叹了口气，继续说道："每个人都有一颗属于他自己的星球，上面有他自己的感情，各种各样的，善的恶的。这些星球藏在无际宇宙的深处，在刚开始的几十年，它们都很安全，上面的感情们也都是熙熙攘攘的。但几十年后，它们就会陆续消失，变成你脚下的尘埃。"

星球？感情？善恶？尘埃？……我的大脑顿时空了，像是处于某种顿悟的前夕，于是我赶紧看向他背后的星光，发现依然熙攘，但也在一点点地消逝。我本想用我已知的最权威的科学言论与他辩驳，但又发现他本就没在用科技与我交谈。

哥洛里星的星空此刻变得更美了，每一缕星光都明亮、绚丽。这颗星球的两极喷发出的气流，在冰冷的真空中像两束迸发的烟火。哥洛里星此刻已经彻底暴露在了宇宙之中，这颗行将就木的中子星正在接受成为黑洞前的最后洗礼。

"我"又说道："虽然我们隔着数万光年的距离，但一百五十三年的对视却超越了时空。知道吗，这个星球就是你的分身，而你亦是我们的集合，子集少一两个是无关紧要的，可现在我是你唯一的子集了。"

"我会死？"

"不，空集不会死，死的只有子集。"

"对不起。"我叹了口气，缓缓蹲下身，轻轻地用手抚摸着哥洛里星的大地。隔着材质，我依然能感觉到尘埃似沙，却又柔软似土。我应该向他道歉的，我似乎明白了什么是所谓的宿命，因为我心中是空的，只有安然流动的血，大脑没有感受到任何的刺激。我明白自己应该大哭，但泪腺似乎早已死去。这和科学无关，科学建立在物质之上，而他谈论的却是情感。活物无法在此生活，但情感不是物质，而是一种存在，犹如童话。

在放弃了用科学去思考后，我突然明白，看来这的确是我的星球，或许曾经也有山川河流，或许曾经也是熙熙攘攘。我的整个身子都在战栗着，妄想挤压出最后一丝情感。

猛然间，许许多多的记忆碎片突然闪现了出来，但我无法把它们拼在一起。在静默的宇宙中，我跪在一个孤独的星球上，佯装泪流满面。

"想听听过去的故事吗？"

"我"再次走近，轻声说道。

他把手放在了我的头上，像是在安慰一个孤独而无助的孩子。

　　"我从伊莱大妈的庄园说起吧，那时你才 8 岁，你还记得庄园里的弥咪吗？那个爱笑的疯丫头，后来她成了你的妻子。但你们已经近六十年没有见面了，在你们最后的一次争吵中，爱情在哥洛里星的某个山丘上死了。但好在还有亲情，只是五十年前也死在了那个山丘旁，原因你知道的。"

　　彗星早已看不见了，星空在哥洛里星两极迸发到极致的气流中，变得暗淡无光，垂死的哥洛里星似乎又恢复了一颗星球该有的尊严。时间似乎脱离了高维度材料的束缚，也开始变缓了，它即将变成黑洞，而我却依然跪在它的身上。

　　"……贪婪死的时候我很难过，虽然它令人讨厌，但那是最原始的情感，怪不得它。其实我挺喜欢饕餮的，这个星球上的尘土就是它的食物，但如今它们都消失了。好在你来了。"

　　"我"的叙述不快，声音也不大，听久了像在呓语。他的手一直放在我的头顶，像是在替我忏悔的神父。

　　"我是凶手，对吗？"我轻声问道，"是我抛弃了这颗星球，如今却要看着它死去。"

　　"这个宇宙本就充满了刽子手。""我"笑了，"科技的发展对人类来说本就是一把锋利的刀，它可以榨干太阳的光，可以赢得星际战争的胜利，可以斩断一切阻碍科技发展的羁绊，甚至是人类自身的情感。这把刀在谁的手上，谁就是刽子手。"

"每个人，都会找到自己的星球吗？"

"每个人都有，但并非每个人都在找。"

"谢谢。"

"休息吧。"

"我"躺在了地上，然后伸了个懒腰，以一个舒服的位置躺在了我的身旁。于是我也躺了下来，我感觉自己浮在了上亿颗尘埃上，如同一艘久经海洋的帆船。

"真孤独啊。"闭上眼，又是一片黑暗。在黑暗中，我和"我"都分不清这最后的一句话到底是谁说的。我明白了自己此行的目的，它本就与宇宙无关，与黑洞无关，与重启无关，我只是个悼亡人，我所有的情感都死了，只剩下了"我"。

我的肉体依然健康，但没了情感，我本就该寿终正寝了。

四

"数据分析师雪莱在这颗中子星即将成为黑洞的前一天登陆了？"

"是的，先生。"黑衣人皱着眉头，紧盯着不远处的黑洞，它中间是不可见的，外围包裹着红色的物质流。

卡卡站在他的身旁，端着一杯幽红色的威士忌。

"数据没有记下？"

"不，雪莱先生在登陆前就把相关程序编写在了我的芯片上。"

"你替他记录了这颗中子星的死亡全过程？"

"您的说法是不准确的，我还记录了雪莱先生的死亡前夕。"

"继续说下去。"

"雪莱先生一直在自言自语，而且在这颗中子星成为黑洞的前六个小时里，雪莱先生一直跪在地上，他的动作看上去很像是在哭泣，但并没有流一滴眼泪。"

"多优秀的一名分析师啊，却在快要进化成神的时候死了。"

"您的说法是不准确的，神只是一个抽象的……"

"不，如今人类的寿命是可以无限的，所以只要人类丢掉所有的感情就会成为神，当然在成神的路上，也有人像雪莱一样在一个星球上死去。就像是……进化的路上，总会有牺牲。毕竟神是不需要感情的，高度进化后的神经细胞会帮我们人类分析出所有的对与错。"黑衣人面无表情。

"人类的进化为什么要抛弃感情呢？"卡卡钛合金的眼珠转了转，它从雪莱的旅行日记中找了句话问道。

"我们人类的大脑虽然越来越发达，可依旧不够用。我们需要计算星云的半径，需要记住三万两千八十三条八维定律，以防止迷失于宇宙之中。我们需要开拓疆土，需要操纵比你还要智能的机器人，需要维持各个星系乃至宇宙的平衡。人类文明已有亿年，感情一直是我们的羁绊，所以我们一直在进化，而进化的尽头是永生！是无感情的完美！"黑衣人似乎全然忘记了身边的卡卡，冷峻的脸色透露出一丝忘我，他又一字一顿地说，"就像神一样！"

空旷的控制室里，黑衣人嘶哑的声音回荡个不停，窗外也不知哪个星系里又落下一大片的流星雨，白浪星发着光，似乎也在注视着这个发了狂的男人。

"这个控制室吸音效果很差。"

黑衣人皱了皱眉，不满地说。

"雪莱先生设计的，他说有了回声就不会太寂寞。我们什么时候返航，先生？"

"10分钟后。在此之前你把雪莱进化失败前的症状发到总部，希望在进化的路上，少一些人牺牲。"

黑衣人端过卡卡手中的高脚杯，花了3分钟喝酒，又顺便查了查数据。过了一会儿，他便走了，只把卡卡留在那里。

周围又恢复了寂静，卡卡看着5米厚的高纤维玻璃上淡淡的字迹，时隔万年后突然跳动了——

"宇宙日第十四天，第十四场轮回，人类不灭。"